CON EL VIENTO EN LA ESPALDA

Volumen I

Steven Adler

Para Geydis con cariño y agradecimiento por haberme abierto las puertas de Amazon. Quién hubiese pensado que 1 año después vendería mi novela en USA a través de la plataforma. Espero puedas leerla y disfrutarla. Un abrazo desde Chile

ISBN: 9798555596178

Edición Alan Meller R.

Década del 80, cerca de Talca, Chile

Llevaba unas horas solo en ese lugar. No lo esperaba nadie de regreso y, de cualquier forma, ya no importaba. Había hecho lo que, hasta hace un par de horas, consideraba cursi: recorrer largas distancias con un ramo de flores para ver su rostro desformarse de alegría por el hecho de verlo. No había vuelta atrás.

Se había dado cuenta de la fragilidad de lo que consideraba realidad y de la rapidez con la que puede cambiar todo. –La única constante es el cambio– recordó haber escuchado a un profesor al que creyó no haber prestado mucha atención citando el *Panta Rei* de Heráclito. Había pensado que el pequeño libro parecía una oda a los lugares comunes; y el profesor, un idiota.

Al llegar a la casa se quedó mirándola perplejo y cientos de recuerdos se hicieron presentes aumentando aún más su excitación. No había notado antes los detalles de aquella fachada a la que ella, probablemente, le había dedicado mucho tiempo para que se viera exactamente como todo lo que hacía, perfecta.

Golpeó la puerta. Estaba nervioso, no sabía qué esperar y tenía la explicación preparada, la había ensayado durante el camino. Pasaron unos minutos antes de volver a golpear.

Escuchó el crujido de una madera que parecía cansada de ser una, estar esperando el momento y alguna ayuda para transformarse en dos. Sabía perfectamente que era el séptimo peldaño de la escalera que llevaba al cuarto donde tantas veces había estado con ella, tantos secretos, tantas mañanas en las que él despertaba y veía el amanecer teniéndola en sus brazos indefensa, inconsciente y bella. Sabía que ella tendría que buscar la llave para poder abrir la puerta que mantenía siempre asegurada cuando estaba sola. Para él era perfecta. Todos quienes la conocían querían estar cerca de ella, pero era suya. Lo sabía de sobra.

Tras la muerte de sus padres no quiso ver a nadie por un tiempo, ni siquiera a ella. Se le hacía difícil respirar, no sentía ganas de comer y mucho menos de hablar. Días que se fueron transformando en semanas. No era capaz de

2

comunicarse, de expresarse ni de entender qué le pasaba. Pero, sobre todo, no soportaba la idea de que alguien pudiera tenerle lástima.

La noche anterior tuvo, por primera vez, un poco de claridad y eso dio paso a una especie de remordimiento. Sintió que la extrañaba. Por eso había partido antes del alba a verla.

Después del accidente sintió que tenía que dejarla ir, al menos, por unos días. Necesitaba estar solo. Más bien, no podía estar con nadie. El tiempo que él había sentido transcurrir tan rápido, al parecer para ella se hizo demasiado.

Habían pasado seis semanas desde la última vez que la vio. No la había llamado ni escrito y, lo que es peor, en todo ese tiempo no contestó ninguna de las llamadas ni los mensajes. No fue capaz. Su mundo acababa de dar un vuelco horrible y sentía que no podía encontrar el norte.

Cuando se abrió la puerta, le costó a sus ojos cansados después de tantas horas de viaje en la oscuridad, distinguir la silueta que se recortaba delante de la luz que brillaba tenuemente en el interior. La habría reconocido aun estando ciego, tenía siempre esa fragancia indescriptible que lo hacía recordar lo suave de su piel y otros tiempos, tiempos felices.

En lo que le había parecido una eternidad entre el crujido de la madera y la apertura de la puerta – que, para su sorpresa, no estaba asegurada – visualizó mil escenarios, pero ninguno de ellos se acercaba siquiera a lo que sucedió. No podía creerlo, esperaba un abrazo, un grito de alegría, una bofetada, pero no recibió nada, ni una sola palabra. Justo cuando sus ojos comenzaron a distinguir colores y formas dentro de la casa, fueron sus oídos los que le hicieron darse cuenta del porqué de aquel frío recibimiento.

Escuchó la voz de un hombre desde el interior. Nunca supo, ni va a saber, lo que aquel tipo dijo, pero tampoco podrá olvidar lo que sintió cuando ella, con una voz casi imperceptible y en medio de sollozos, le dijo – pensé que no te volvería a ver.

Sintió rabia, odio, impotencia, pero no hacia ella; fue a sí mismo contra quien dirigió todos esos sentimientos. Simulando calma y sin decir una sola palabra dio la vuelta, se subió a la camioneta y esperó hasta estar lo suficientemente lejos de la ventana, desde la cual sabía que ella lo estaría mirando, para dejar que se escaparan algunas lágrimas, pese a que ya no le quedaban demasiadas.

Llegó, casi sin darse cuenta, a El Destino. Allí había visto por última vez a sus padres. El Destino era el fundo ubicado a una hora treinta minutos manejando hacia el oeste desde la ciudad de Curicó, que por dos (ahora tres) generaciones había pertenecido a su familia. Eran tres mil quinientas hectáreas de praderas, bosques, ríos y un pequeño lago. Había tres casas, la principal, una enorme y espectacular construcción remodelada dos veces debido a un incendio treinta años atrás y luego, a los caprichos de su madre. En la casa que vivían los empleados era grande, pero no contaba con las comodidades de la principal y la tercera era la lujosa casa de huéspedes, donde su padre alojaba a los amigos y clientes que solían visitarlo los fines de semana. Al llegar, caminó unos pasos y, tras una pausa, se dejó caer sobre la cama de sus padres.

Ya no esperaba nada de la vida y sentía que nadie tenía el derecho de esperar nada de él, ni siquiera ella.

Había dejado de creer en dios. Pensaba que, si existiera un ser superior, este no lo habría puesto en el lugar en el que estaba. Le habían enseñado a creer en una fuerza omnipotente, un ser intangible y justo. ¿Qué justicia había en quitarle a sus padres sin aviso y de manera tan cruel? Había quedado solo, encerrado dentro de ese cuerpo con un ser al que ya no conocía y que, cada vez, se hacía más presente; mientras, la persona de siempre tenía cada día menos fuerza para combatirlo.

Aunque había heredado demasiado dinero para una sola vida, no lo pensaba usar, no quería ser responsable de nada ni de nadie. Ya no sabía lo que quería ni quién era. Sentía que su cabeza se había transformado en una ruidosa prisión.

Desde niño siempre le gustó todo, hasta que se tornaba monótono, hasta que la rutina transformaba ese "todo", rápidamente, en "nada". Si hubiese tenido

4

la mitad del valor que pensaba tener, habría apretado el gatillo del revólver de su padre que, hace unos segundos, mantenía presionada contra su sien. Lo había hecho varias veces de manera imaginaria. Cada vez que un problema grande se presentaba había disparado sin titubear. Pero esta vez no pudo, esta vez era real.

Con las manos temblando y frías gotas de sudor cayendo por su frente, recordó escenas que, aunque no habían ocurrido hace mucho, parecían muy distantes. Había sido tan querido, pero ahora ni siquiera él podía quererse. Cómo querer a alguien a quien no se conoce, a quien nunca se ha visto, aunque lleve veintidós años viviendo dentro, la cara de una persona que aflora cuando se ha perdido todo, incluso las ganas de vivir.

Allen no se reconocía. Le costaba comprender por qué no podía controlar las emociones que alguna vez se jactó de dominar. Ahora, ellas eran dueñas de sus pensamientos y dirigían sus acciones. Algo lo consumía desde dentro, algo doloroso, algo que aún no podía identificar. No era la muerte de sus padres, ni la decepción que acababa de sufrir lo que hacía crecer esa especie de ardor que lo recorría y quemaba interiormente; que lo hacía creer que su cabeza iba a estallar en cualquier minuto, rogar por el valor para tirar del gatillo y acabar con todo el dolor en ese instante. Luego de un largo suspiro, dejó caer los párpados solo por un momento y, sin quererlo, se quedó dormido.

Eran cerca de las siete de la mañana, cuando lo despertó el galopar de un caballo. Era Fernando, el capataz del fundo. Más que un empleado, era alguien que siempre lo protegió, como el hermano que nunca tuvo, pese a que superaba por más del doble su edad y también la de su padre. El ruido producido por el elegante galope lo hizo volver a recordar, como si hubiese pasado ayer, la primera vez que montó a Sarno. No se acordaba de la primera vez que estuvo sobre un caballo, pues, como la gente de El Destino solía decir, medio en broma medio en serio, había aprendido a montar antes que a caminar.

El día que cumplió dieciséis años lo iba a celebrar en El Destino con amigos suyos y de sus padres. Sin embargo, la mañana no fue de alegría, más bien, terminó en el drama que, posteriormente y de manera cruel, salvaría la vida de Allen cambiándola para siempre.

La yegua favorita de Enrique, su padre, había muerto al parir por una suma de azares desafortunados. Uno de los trabajadores temporales que llegaban cada verano a ayudar en las labores de cosecha, había comenzado a quemar, sin permiso– ya que no era una práctica habitual en El Destino –, algunos desechos que habían quedado de los días anteriores, con el fin de evitarse el tener que moverlos con el rastrillo. El humo, que llegó rápidamente a la caballeriza, generó pánico en la yegua, lo que sumado al esfuerzo de parir apresuradamente dado el inusual tamaño de su cría, le produjo un desprendimiento de útero, el que salió expulsado con el potrillo causando la severa hemorragia que acabó con la vida de la madre y puso en serio peligro la del recién nacido.

La que se esperaba fuera una fiesta doble se transformó, inevitablemente, en una mañana silenciosa, donde cada palabra de consuelo hacia su padre se sentía como una estupidez. Allen también estaba triste pero no podía comprender como la muerte de un animal – por muy noble, fino e inteligente que fuera – podría afectar tanto a una persona como su padre. Para Allen todos los caballos eran iguales. Eso creía, al menos, hasta ese día en que su padre le regaló el potrillo que había causado la muerte del animal al que dedicó tantos años de trabajo, cuidados y amor. La verdad, no fue un regalo, sino más bien un "hazte cargo tú que yo no quiero saber nada de ese animal".

Allen estuvo todo el día de su cumpleaños más pendiente del estado del potrillo que de su fiesta y cuando se fue el último de sus amigos se sintió aliviado.

A la mañana siguiente despertó antes de que cantara algún gallo. Se vistió raudamente y fue a ver al potrillo al establo. Era la primera vez que alguien o algo dependía de él. Aunque había crecido rodeado de animales, siempre eran propiedad de su padre. Los veía, montaba, acariciaba, alimentaba, jugaba, pero luego, se iba tranquilo sabiendo que "alguien" se ocuparía de ellos. Esta vez era diferente y tanta responsabilidad lo desorientaba. Afortunadamente estaba Fernando para aconsejarlo y guiarlo, ya que su padre no quería saber nada del animal que indirectamente había causado la muerte de su adorada yegua.

Tres años después, Sarno, que era la abreviación de sarnoso, nombre puesto por Enrique de manera despectiva a este animal el día que nació, era el mejor potro que había en la región y estaba listo para ser domado.

Esa mañana, todos en el fundo estaban expectantes ante la imponente figura de Allen con jeans cubiertos por un pantaloncillo de cuero, camisa negra que hacía juego con el color de Sarno, botas vaqueras muy gastadas y un sombrero de ala ancha negro.

–Deja que Fernando lo monte primero – volvió a rogar Enrique, sabiendo que nada iba a hacer que Allen cambiara de idea, nadie montaría su potro antes que él.

Sentía la adrenalina correr por todo su cuerpo. No recordaba haberse sentido tan nervioso antes, pero no iba a demostrarlo, había demasiada gente mirándolo y, en ese entonces, eso le importaba. Decidido, tomó a Sarno por las riendas y lo llevó al corral pequeño que utilizaban para domar potros y marcar al ganado. Más atrás caminaban sus padres, varios amigos y gente del pueblo que no quería perderse el espectáculo. Debido a lo peligroso de la misión, no era habitual que los patrones domaran a los potros, mucho menos sus hijos.

Solo podía pensar en una cosa mientras guiaba al imponente animal, una semana atrás le habían puesto las riendas y la montura para que el animal se acostumbrara a llevar peso sobre su lomo y, aunque había visto domar a varios potros en su vida, nunca vio a uno que reaccionara con tanta energía; parecía querer destruirlo todo. Fernando, en son de broma, sugirió dispararle un dardo tranquilizante. Sin embargo, al cabo de un tiempo, Sarno demostró poseer una gran inteligencia, al darse cuenta de que no querían hacerle daño y, ayudado por el cansancio, fue calmándose incluso hasta dejarse acariciar.

¿Reaccionaría así cuando él lo montara? Solo lo sabría una vez que estuviera sobre el animal.

– Cuando te avise, te subes. ¡Cuidado con la salida de la puerta! No trates de…– Pero Allen ya no escuchaba las instrucciones de Fernando ni de su padre. Sentía como si fuera la primera vez que montaba. Tenía una mezcla de miedo, nerviosismo y alegría; mientras, Sarno quizás más nervioso que él, no sabía ni entendía por qué lo habían amarrado en un lugar en el que apenas cabía.

Al sentir el peso de Allen encima, Sarno trató de moverse inútilmente, lo que lo hizo ponerse aún más tenso.

–Ahora – gritó Allen con voz temblorosa. Una vez abierta la puerta todo desapareció, la gente, el miedo, la alegría, todo excepto la adrenalina recorriendo y, a la vez, adormeciendo su cuerpo. Mientras el tiempo parecía pasar más lento, volvía a ser el experto jinete intentando permanecer sobre un animal que solo quería sacárselo de encima. Sarno saltaba, pateaba, relinchaba, hacía lo posible por botar a Allen, quien se aferraba fuertemente con sus rodillas al cuerpo del animal. Pero no sirvió de nada pues, en una vuelta histérica de Sarno, Allen perdió el equilibrio y cayó estrepitosamente al suelo. Al sentirse aliviado del peso, Sarno se calmó y acercó la cabeza al cuerpo tendido de su amo, quien le acarició la cabeza y rio. La escena se repitió. Allen volvió a montarlo, pero, esta vez, sabía qué debía hacer para domar a esa bestia. Durante diez minutos, ninguno de los presentes recordó respirar. Habían presenciado una de las más grandes batallas entre un potro y su jinete. Y nadie podía asegurar quién había ganado, ya que el elegante galopar de Sarno, con Allen montándolo, hacía parecer que era el animal el que había conseguido su propósito.

Un golpe a la puerta bastó para devolverlo a la realidad. Apresuradamente escondió el revólver bajo la almohada y fue a recibir a Fernando.

–Buenos días, patrón – dijo el capataz – pensé que se quedaría más tiempo fuera.

–Yo también – contestó Allen con un tono inexpresivo. Era la primera vez que Fernando lo llamaba patrón y se dio cuenta que había dejado de ser el joven consentido y que, ahora, había gente que dependía de él. Un escalofrío recorrió nuevamente su cuerpo. Entendió, por fin, qué era lo que le había estado generando sensaciones tan extrañas. Ahora dependía de sí mismo. El joven había muerto dando paso, bruscamente, al hombre, con todas las responsabilidades que eso acarreaba.

–El abogado lo estuvo llamando todo el día de ayer, pero nadie sabía dónde estaba, pensaron que volvería y le dejaron esta carta– dijo Fernando tendiéndole un sobre. – También lo llamó una mujer, pero no dejó su nombre, parecía estar llorando.

– Gracias – dijo Allen tomando el sobre – perdona, pero quiero estar solo.

Fernando se fue pensando en cómo había cambiado el joven al que tantas veces imaginó como su propio hijo.

¿Habrá sido Camila?, tiene que haber sido ella, pensaba Allen tendido sobre la cama. Quizás todavía lo quería. Nunca debió dejarla o, al menos, debería haberle escrito. De pronto, recordó la carta del abogado que tenía en sus manos y, con mucho cuidado, la abrió:

"Estimado señor Kaufman:

Tiempo antes de fallecer, su padre, el sr. Enrique Kaufman, además de su testamento, nos confió un sobre que debía ser entregado a Ud. en caso de una tragedia como la ocurrida. Es mi deber, como abogado y amigo de su padre, cumplir con su voluntad, entregándole personalmente el sobre cuyo contenido desconozco.

Esperando su pronta respuesta,

David R. Green

Arus y Green abogados"

Había estado montando a Sarno toda la tarde para matar el tiempo. A las diez de la noche sus padres volverían a la ciudad y lo dejarían en la bifurcación, donde se reuniría con Camila para ir a su casa a pasar el mejor fin de semana de su vida. A las ocho en punto llevó el caballo al establo y, como siempre, mientras lo cepillaba le habló sobre lo que pasaría en los próximos días, estaba seguro de que el animal le entendía.   Cuando se aprestaba a echar paja sobre el piso del cubículo del animal, escuchó un ruido en la caballeriza de al lado, se asomó y vio a Zebra lista para parir. La yegua pinta de su madre se había adelantado, no esperaban que pariera sino hasta dentro de una semana. Pese a que había más de diez yeguas y los partos eran algo común, desde la muerte de la madre de Sarno, cada anomalía de una yegua preñada se tomaba con extrema seriedad. Corrió hacia la casa tan excitado que olvidó cerrar la puerta del cubículo de Sarno, quien al verse libre y sin su amo, salió persiguiéndolo al galope. Cuando llegaron apresuradamente Enrique, Fernando y varios trabajadores más, la yegua se incorporó de inmediato lo que causó risas burlonas entre los hombres que miraban la cara sonrojada de Allen, —debe haber estado adormecida por los calmantes que le dimos – dijo uno de los hombres y las risas se acrecentaron. Pero, unos segundos después, Allen hizo un silencio de golpe al ver que Sarno no estaba en el establo. Ya estaba atardeciendo y, en esa época, los portones se dejaban abiertos para que los animales pudieran ser trasladados con menor dificultad a los corrales, ya que los pumas, con camadas jóvenes, bajaban de la montaña para alimentarse de presas bastante más fáciles que las que ofrecía la naturaleza.

Para un magnífico animal como Sarno, un puma era un peligro menor del que podía encargarse con solo una patada, pero… de noche todo era diferente, ahí el puma tenía la ventaja. Sarno no alcanzaría ni siquiera a saber desde qué dirección lo estaban atacando al sentir unos colmillos clavándose en su cuello y unas poderosas garras despedazando su piel.

Allen volvió a correr hacia la casa. Su madre, al verlo con el rifle, le preguntó preocupada qué estaba pasando.

—No tengo tiempo, mamá – respondió Allen – si no he vuelto en una hora váyanse sin mí, yo me voy por mi cuenta después – agregó, tras lo que le dio un beso y se fue sin saber que esa sería la última vez que vería a sus padres.

Tomó uno de los caballos del establo y partió al galope, como si su vida dependiera de ello. Llevaba en la montura el rifle Remington de su padre, un lazo, una linterna y un poco de comida, pues de ser necesario pasaría toda la noche buscando a Sarno. Sin embargo, no tuvo que esperar mucho tiempo. Tan solo llevaba cuarenta minutos cabalgando cuando escuchó un ruido a sus espaldas, se dio vuelta de inmediato tratando de distinguir el lugar preciso desde donde venía aquel sonido, pero la falta de luz se lo impedía, por lo que tomó con su mano derecha la linterna y con la mano izquierda sujetó con fuerza las riendas del caballo que se movía nerviosamente. En cuanto apuntó el haz de luz, vio algo que lo llenó de horror. Sarno estaba tendido en el suelo respirando con dificultad. No parecía estar herido. Miró en todas direcciones para ver si había peligro en bajarse del caballo, luego, con la mano derecha y sin soltar la linterna, tomó el rifle y desmontó.

Al acercarse a Sarno seguía sin notar heridas, por lo que apresuró el paso desechando el ataque de pumas como la causa del deplorable estado en el que parecía estar el animal. Cuando Allen estaba a un metro de distancia, notó que algo brillaba, pudo apreciar un charco de sangre y el hueso de la pata delantera izquierda expuesto, en una escena que lo dejó paralizado durante unos segundos sin saber qué hacer. Avanzó tres pasos y se dio cuenta, con pesar, de que el reflejo de la luz era producido por un alambre de púas que se había enredado en las patas delanteras del caballo.

Sabía que muchos animales terminaban así sus días, con el cuerpo fracturado por la caída y sus miembros mutilados por la presión que ejercía el alambre cada vez que trataban de moverse para intentar liberarse de aquella trampa diseñada para mantener dentro de un perímetro a los animales. Pero, a nivel de piso y sin mucha luz, podía transformarse en algo peligroso y cruel que no hacía distinción entre sus presas, cortándoles la piel e incrustándose en la carne.

Allen sabía lo que tenía que hacer. Y lo hizo. Sin dar tiempo a que aparecieran remordimientos, apuntó a la cabeza del animal y su dedo presionó el gatillo que activó el simple mecanismo que amartillaba el percutor que, al hacer contacto con el detonador, produjo la chispa suficiente para que la pólvora aprisionada en un pequeño casquillo hiciera explosión, expulsando por el cañón del rifle, junto con una llamarada de fuego, el diminuto proyectil de plomo que terminaría con la vida de, quizás, lo único de lo que había sido responsable hasta entonces.

El disparo fue certero y, treinta segundos después, Allen yacía en el piso con los ojos empapados de lágrimas y las manos sosteniendo su cabeza.

Al volver a la casa, no recordaba nada entre la muerte de Sarno y ese momento. No tenía registro de haber montado el caballo nuevamente, ni de haber enfundado el rifle en la montura. No sabía dónde había dejado la linterna ni qué hora era. Solo recordaba el sonido seco del balazo y que nunca volvería a montar a su querido Sarno.

Bajó del caballo con la mirada perdida, totalmente desorientado. Caminaba hacia la casa con una sensación de vacío que nunca antes había sentido, pero que (aún no lo sabía) era insignificante comparado con lo que sentiría unos minutos después.

Al acercarse a la puerta de entrada volvió en sí de inmediato. La casa estaba llena de gente y había policías conversando con los empleados, varios de los cuales tenían la voz quebrada o, derechamente, estaban llorando. Cuando los presentes notaron la presencia de Allen, un silencio sepulcral envolvió la gran sala de estar. Allen no tuvo tiempo de imaginarse el motivo de tanta conmoción.

– Tus padres chocaron – dijo Rosita, la cocinera que llevaba toda su vida trabajando con la familia, y se puso a llorar.

– ¿Señor Kaufman? – le preguntó uno de los policías retóricamente pues ya sabía, por el comportamiento del resto, quién era –lamento informarle que sus padres fallecieron en un accidente automovilístico.

¿Cómo? – logró preguntar Allen con semblante frío, pese al nudo que oprimía su garganta y que casi no lo dejaba respirar.

– Un conductor en estado de ebriedad realizó una mala maniobra, impactando de frente con el vehículo de sus padres – dijo el policía.

– Sé que no es consuelo, pero la muerte fue instantánea, lo siento – agregó el otro policía.

Al día siguiente de la muerte de sus padres, Allen recibió varias llamadas, pero solo contestó una, debido a la insistencia de aquel personaje que había convencido a Fernando de que se trataba de un asunto urgente.

– Allen, yo fui amigo de tu padre y, además, su abogado – agregó inmediatamente, sin dar tiempo para que Allen preguntara nada. Tengo en mi poder un sobre con varias cosas en su interior, que debo entregarte de manera inmediata en caso de muerte de tu padre. Te ruego que pases por mi oficina mañana. Sé que ahora no puedes pensar en mañana, pero el entregarte esto es parte de una promesa que le hice a tu padre y que espero poder cumplir.

Había olvidado esa llamada, quizás producto del shock en el que se encontraba cuando la recibió; o, quizás, a que no le dio importancia a lo que pudiera contener la correspondencia y nunca fue a buscarla a la oficina del abogado. El abogado insistió, pero sus llamadas no fueron atendidas, por lo que había viajado personalmente a El Destino para dejar una carta insistiendo con Fernando, quien se la entregó momentos después de que Allen escondiera el revólver bajo la almohada.

Intrigado, Allen viajó a la ciudad de Santiago siguiendo las instrucciones que le fueron dadas por el señor Green en aquella carta. No le costó mucho llegar ya que, a mitad de camino, se dio cuenta de que conocía el lugar hacia donde se dirigía; había acompañado a su padre en varias ocasiones cuando pequeño.

Llegó a un elegante edificio que conocía, pero que había sido remodelado de alguna forma que no lograba determinar. Parecía haber estado diseñado en el futuro y puesto ahí por casualidad. El conserje del edificio estaba con unos vistosos audífonos escuchando algo en su walkman, cuando Allen entró y se apoyó en el mesón de granito, sorprendiendo al conserje que, sobresaltado, se sacó los audífonos al tiempo que detenía la cinta del casete oprimiendo bruscamente la voluminosa tecla "STOP" del aparato.

Con la luz que venía del exterior, al conserje le costaba distinguir las facciones de quienes entraban a ese edificio y se había acostumbrado a reconocer a las personas que ingresaban por su silueta.

Allen medía un metro ochenta y tres centímetros, tenía una contextura esbelta, con brazos largos y musculosos. A sus veintidós años tenía la cara curtida por las muchas horas bajo el sol en el campo, lo que lo hacía parecer bastante mayor, pese a que no tenía arrugas. Gran parte de su vida usó el pelo muy corto, pero cerca de un año antes, había dejado de cortarlo inspirado por Jim Morrison. Ahora tenía una cuidada melena color castaño que caía hacia los costados y se detenía con pequeñas ondulaciones un poco antes de llegar a los hombros. Sus padres se oponían a esta moda de manera silenciosa, ya que sabían lo difícil que era hacer cambiar de opinión a su testarudo hijo.

Los ojos verdes contrastaban con el color bronceado de su cara y le daban una profundidad a su mirada que hacía que todo lo que dijera pareciera intenso, incluso cuando bromeaba.

Inicialmente, el conserje no se había percatado de la llegada de Allen, inmerso en la música que sonaba detrás de las esponjas que se apoyaban en sus orejas, cuando la imponente figura de Allen apareció frente al mesón y le dijo algunas palabras que no podía escuchar. Luego, autorizó el paso – pese a que no había barrera física – y le indicó a Allen dónde se encontraba la oficina a la que iba.

Allen subió hasta el piso dieciséis y se bajó del ascensor caminando por un amplio y lujoso vestíbulo. Pese a lo grande del edificio, el estudio legal utilizaba el piso completo. Donde comenzaban las oficinas había una puerta doble de madera que se mantenía abierta y que conducía hasta una robusta secretaria sentada detrás de un mesón de roble. La secretaria miró a Allen fijamente, bajándose los anteojos con una mano hasta la mitad de la nariz e inclinando su cara hacia abajo, probablemente, sorprendida por su apariencia poco formal y su cara inexpresiva.

– Vengo a ver al señor Green – dijo Allen, mientras observaba que, detrás de la secretaria, se abría una de las puertas por donde apareció un personaje digno de una película de Hollywood; un hombre de unos cincuenta años, con el pelo blanco y ojos azules, impecablemente afeitado y vistiendo un fino traje. Le parecía muy familiar y, en seguida, recordó un par de reuniones donde su padre y Green, vestidos con similar elegancia, conversaban fumando un cigarrillo mientras él, de unos 10 años, esperaba tranquilo en esa habitación llena de humo a que los hombres terminaran lo que estaban haciendo. Luego, su padre lo llevaría a comer helado.

Esa rutina olvidada volvió de sopetón como un *deja vu* en cuanto vio al abogado acercarse.

El señor Green lo hizo pasar a una oficina amplia, con las murallas pintadas de color ladrillo, dos cuadros similares de colores fuertes – seguramente del mismo autor – y un escritorio de caoba en el centro, realmente imponente.

Una vez dentro de la oficina, el abogado se asomó por el marco de la puerta, hizo un gesto a la secretaria y luego cerró la pesada puerta tras de sí. Se detuvo frente a Allen y le dio un abrazo que lo incomodó notoriamente ya que no se lo esperaba y aún no superaba el estado de shock y apatía que atravesaba.

– Perdona Allen, pero no puedo creer que nos estemos viendo en estas circunstancias – dijo Green, separándose unos pasos y acercándose a su escritorio. – Siéntate, por favor – agregó, mientras le indicaba un gran y lujoso sillón de cuero, idéntico al que tenía su padre en la oficina de la ciudad. Allen prefirió sentarse en una de las dos sillas de cuero que enfrentaban el escritorio.

Cuando estuvo uno frente al escritorio y el otro detrás, el abogado comenzó a hablar con voz afectada.

– Allen, sé que estás por comenzar tu último año de Derecho y, quizás, ves todo de una manera que no guarda relación con las complejidades que tiene la vida. Probablemente, tu juventud te impide ver que es como una torre hecha con cartas, que cuesta mucho tiempo y dedicación poner en pie, pero toma solo un segundo destruirla completamente. Quiero que entiendas que por eso tu padre decidió mantener algunas cosas en secreto, asuntos que se explican en este sobre – dijo el abogado, indicando el voluminoso sobre que tenía sobre su escritorio y que, claramente, contenía más que una simple carta.

– Mi padre me decía que la vida era como el agua que llena una tina sin tapón; al principio, uno ve el líquido y no se da cuenta de cómo se va, hasta que ya es muy tarde y queda tan poca agua que no se puede hacer nada al respecto y solamente queda mirar como un remolino lo absorbe todo lentamente – replicó Allen melancólico –, pero yo no opino así señor Green – continuó secamente–. No me gusta mucho jugar con las palabras y nunca me han gustado las figuras literarias que intentan disfrazar, ocultar o suavizar la realidad. La vida es la vida, así de simple. Ya ve que no hubo remolino, ni algo parecido a un poema, en el caso de mis padres. Ahora, si no le molesta, pasemos a lo que me trajo aquí, pues en realidad, y sin querer faltarle el respeto, necesito volver al campo.

Allen se sentía incómodo en aquella oficina, el olor a cigarro impregnado en todas partes era dulce y familiar; la voz de Green era agradable; pero, cada respiro que daba y cada palabra que escuchaba, le generaba una angustia que iba en aumento, dándole la sensación de que su padre aparecería en cualquier momento, pese a que sabía que eso era imposible. Sentía que su pecho se apretaba, que las lágrimas no tardarían en salir. Necesitaba dejar aquella reunión y ese lugar que lo hacía sentir como en casa.

– Tu padre y yo nos conocimos en la época de la universidad. Fui testigo de tu nacimiento, del duelo que guardó tu padre por la muerte de tus abuelos. Sabíamos que la vida no era fácil, pero nos enfrentamos a un secreto que cambió como veíamos el mundo. Debes entender que tu padre se enteró de la verdadera historia de su familia cuando ya era un adolescente y, pese a que intentó encontrar el momento adecuado para contártela, nunca pudo hacerlo; por lo que, intentando evitar el sufrimiento que generaría que la gente supiera la verdad, dejó todos los documentos guardados, esperando reunir la fortaleza para mostrártelos y poder explicarte los detalles de las complejidades que existen en la historia de tu familia, cuando el momento fuera el adecuado – dijo el abogado. – Lucía, tu madre, nunca supo nada de esto. Tu padre construyó una especie de bunker en el campo, en un lugar alejado, para mantenerla al margen. Por su seguridad – agregó.

El tratar de adivinar lo que había en el abultado sobre color café, que el abogado tenía sobre el escritorio y que miraba cada vez que mencionaba a su padre, lo tenía bastante ansioso. Cuando por fin lo tuvo en la mano, su nivel de ansiedad bajó y no supo si leerlo de inmediato o esperar a estar tranquilo al final del día. Hasta ese momento, no había podido imaginar el contenido.

Pensaba ir a la oficina de su padre y hacer algunas cosas en la ciudad, pero finalmente, con el sobre en la mano, prefirió volver a El Destino de inmediato.

Había decidido esperar hasta estar en su cuarto, junto a la botella de whisky que había sacado del bar de su padre, para abrir el sobre. Lo dejo en el velador, echó whisky en un grueso vaso hasta llenar un tercio de este, se sacó los zapatos, se tendió sobre la cama mirando fijamente el sobre y el vaso que había quedado delante. Luego, movió el vaso y lo puso detrás del sobre, no se atrevía a abrirlo. Se dio cuenta que extrañaba a sus padres, pero ya no sentía la desesperante tristeza de las semanas anteriores. Lo invadía la rabia y el miedo.

Pasados unos minutos, se sentó en el borde de la cama y, con mucho cuidado, utilizando el cuchillo de cacería que había dejado sobre su velador, rompió la parte superior del sobre haciendo con la punta una línea recta casi perfecta. Luego, introdujo bruscamente sus dedos dentro del sobre, sacó las páginas que estaban en el interior, quedando solamente una llave en el fondo, la que extrajo volteando el sobre y dejándola caer con un golpe seco en su palma. Sin ningún cuidado puso los papeles sobre la cama y se quedó observando de cerca la llave, mientras tomaba de manera inconsciente y sin mirar, el vaso dándole un pequeño sorbo. La llave era bastante más grande y pesada de lo normal.

Pasó unos segundos estudiándola y, sin soltar el vaso, la volvió a dejar con cuidado en el sobre que puso sobre el velador. Enseguida, tomó el legajo de papeles que había dejado sobre su cama. Dentro de los papeles encontró una carta con la despedida de su padre y una lista de nombres donde algunos estaban tarjados, cuentas bancarias, de inversiones y un listado con todos los activos de su familia. Mientras los revisaba, una pequeña fotografía en blanco y negro cayó al suelo.

Dejó las páginas nuevamente en el sobre y, sin recoger la fotografía, tomó el vaso con las dos manos y miró fijamente el suelo a través del vidrio, intentando enfocar la foto para verla a través del transparente líquido ámbar y el grueso fondo de cristal del vaso.

Allen sintió que no podía más con sus propios pensamientos al intentar adivinar de que se trataba todo, dejó el vaso sobre la mesa del velador y recogió la foto. No reconocía a la joven pareja que aparecía sonriendo en la foto y que, a juzgar por sus atuendos, parecía haber sido tomada en otra época.

Se puso nuevamente los zapatos, caminó a la cocina con el whisky en una mano y, con la otra, luego de dar un suspiro, tomó el teléfono que estaba adosado a la pared, le dio un último sorbo al whisky y tiró el vaso al lavaplatos sin importarle que se rompiera. Marcó el número que sabía de memoria desde la infancia y llamó a la bodega donde, a esa hora, sabía que estaría Fernando dando las instrucciones a los empleados para las tareas que deberían realizar al día siguiente. Le pidió que preparara un caballo con la montura de su padre.

Comenzó a caminar por la casa como si estuviese recorriéndola por primera vez (o quizás por última vez), observando cada detalle con un dejo de melancolía.

Caminaba despacio y, a ratos, se detenía. Al llegar a la habitación de sus padres se apoyó en el marco de la puerta y observó por unos minutos el interior sin entrar. Varios recuerdos de su infancia se hicieron presentes sin invitación, de manera espontánea.

Dio media vuelta y volvió rápidamente a su cuarto. Parecía estar en una especie de trance. Comenzó a recoger algunas cosas y a preparar una mochila con todo lo necesario para varios días a la intemperie. Puso el sobre en uno de los bolsillos que sobresalían en la parte exterior, fue al estudio de su padre, tomó uno de los rifles junto con dos cajas de municiones que introdujo en la mochila y se fue a dormir.

Al día siguiente, en cuanto montó al caballo recordó a Sarno. Suspiró y, con las riendas casi sueltas, dio un suave golpe con ambos talones al caballo palomino que había montado tiempo antes. Creía saber hacia dónde se dirigía, pero mientras más se adentraba en los cerros, se daba cuenta de cuánto había cambiado el paisaje en el último año. La tala de bosques en los campos vecinos, pese a estar muy distantes, se podía observar claramente desde el cerro en el que estaba Allen. Era una vista desoladora que había sido impresionante. Zorros, liebres, águilas, pumas – o por lo menos sus huellas – y toda clase de evidencia de vida iba encontrando Allen en su camino. Llevaba, al menos, cuatro horas cabalgando cuando decidió darle a su caballo un descanso. Se acercó al río que había estado guiando su camino y soltó al caballo. Momentos después, tal como le había enseñado Fernando, preparaba un arpón con su cuchillo a partir de una gruesa rama recta que cortó de un álamo. Había aprendido a pescar con arpón en los ríos cuando era un niño. Fernando le enseñó dónde encontrar los peces; cómo elegir la madera para hacer el arpón; dónde cortar y cómo hacerlo. El resto lo había aprendido de la naturaleza y de una que otra caída al agua fría.

Cuando por fin terminó, nada quedaba ya de la rama de un árbol. Solo se veía una especie de lanza de casi dos metros de largo con cuatro afiladas puntas, hechas con la hoja del cuchillo mediante dos cortes transversales perpendiculares de aproximadamente veinte centímetros cada uno que había separado con una pequeña piedra redonda que fijó en el centro con delgadas ramas de sauce y fibras de corteza verde.

Se sacó los jeans y, luego, decidió quitarse el resto de la ropa en una especie de ritual de unión con lo ancestral. Pensó que era una manera de desprenderse de todo lo que cargaba encima, cortar con el pasado y comenzar a sanar, a renacer.

Se metió desnudo en un remanso del río donde podía sentir el agua hasta un poco más arriba de las rodillas. Esperó inmóvil, con los ojos fijos en la espuma que formaba una pequeña caída de agua al precipitarse desde una roca que sobresalía generando un cambio en la velocidad del río. Sostuvo el improvisado arpón con su mano derecha a la altura de su oreja, en absoluta tensión, listo para lanzarlo instantáneamente ante el más mínimo movimiento bajo del agua. Llevaba tres minutos esperando, sin moverse, cuando dejó de sentir el frío del agua en sus piernas, ya no sentía sus piernas. Luego, cuando apareció la primera trucha, estuvo a punto de disparar el arpón, sin embargo, decidió que era demasiado pequeña. Un cuarto de hora después, el frío obligó a Allen a salirse del agua.

Aprovechó la derrota temporal para preparar fuego bajo un árbol, para calentarse y cocinar a la futura presa.

Década de los 80, Santiago, Chile

– No lo recuerdo, pero si tú lo dices, puede ser que nos conozcamos de antes – así le respondía, mecánicamente, a la hermosa chica que acababa de conocer en el bar Arsénico y a la que, según mi experiencia, no me tomaría más de diez minutos convencer para salir de ahí con destino a mi departamento y tener una noche de sexo que la haría querer volver. También, según mi experiencia, me tomaría bastante más de diez minutos lograr que se fuera una vez acabado el acto de falso amor y pasada la euforia de los momentos que lo precederían. Nunca sabía, a ciencia cierta, si valdría la pena el tortuoso tiempo que pasaba esperando a que se diera alguna situación que sirviera de excusa para decir adiós. Intuía que, por cómo estaba estudiando mi cara, con ese aire de falsa paz que tienen las personas que acaban de leer las primeras páginas de un libro de autoayuda o han visitado un centro de cábala por primera vez tras algún quiebre amoroso u otra experiencia traumática, comenzaría a preguntarme por mis creencias religiosas y espirituales.

Sumando y restando, pensando en que no me interesaría volver a verla y tampoco sentía estar de ánimo para ponerme a pensar en algún tema de conversación que nos alejara de sus preguntas acerca de mi signo zodiacal, creencias espirituales o la ineludible comparación con el actor de moda, terminé rápidamente mi cerveza y me excusé. Entré al baño un tiempo prudente y, cuando salí, me senté al otro lado de la barra, ante la incrédula mirada de ella, a conversar con Enzo, el barman.

El Arsénico era un bar que llevaba funcionando cerca de dos años en un local bastante mal ventilado, oscuro y en donde cabían, como máximo, cincuenta personas. Su reducida capacidad, la exquisita decoración, su ubicación en el barrio más caro de la ciudad y los famosos contactos de su propietario, eran lo que lo hacía tan apetecido. Ahí se daban cita los más diversos personajes, entre actores, modelos, artistas, hijos de conocidos hombres de negocios y otros seres de la noche citadina que solo tenían en común la soledad y la poca profundidad

22

de sus conversaciones, por muy elocuentes que parecieran. Yo era uno de estos personajes, aunque nunca me habían faltado los amigos, las mujeres o personas con quien estar, solo habían pasado unas semanas y, sin importar con quién estuviera, me sentía terriblemente solo y, lo que es peor, tenía la sensación de que esa angustia no se iba a pasar nunca. Necesitaba irme. Decidí irme.

Franco ya no estaba y era la primera vez que iba a ese bar, nuestro bar, sabiendo que él no llegaría. Yo ya no era el mismo y no podía soportar las conversaciones banales que, hasta algunas semanas atrás, incluso buscaba.

Manejaba un grupo de empresas que me había hecho inmensamente rico sin mucho esfuerzo. Físicamente era lo que cualquier mujer podía desear y en ese momento comencé a sentir que mi inteligencia se estaba desperdiciando en conversaciones con gente que no me interesaba en absoluto, a las que intentaba leerles la cara, posición corporal y cómo hablaban, jugando a adivinar cómo eran, apostando conmigo mismo, en lo que se había transformado en un pasatiempo. Pareciera que, mecánicamente, oprimía una tecla para comenzar a hablar, escuchando respuestas que casi siempre adivinaba de antemano. Contestaba preguntas que ni siquiera escuchaba por completo, pero que respondía tan asertivamente que lograban provocar un inmediato gesto de aprobación en la cara de mis interlocutores. Me avergüenzo de esa época, pero era solo un adolescente perdido.

Ese sentimiento de vacío que dejé de sentir recién hace unos días, comenzó tras la muerte de mi hermano, hace más de una década.

Era mi mejor amigo y su vida terminó de manera tan veloz como él pareció querer vivirla.

Fue un músico extraordinario, tocaba diferentes instrumentos pese a que su arma favorita – como Franco solía decir – era el saxofón tenor. Podía tomar grandes cantidades de alcohol sin que se observara efecto aparente y, para rematar el cliché, fumaba como una chimenea. –"Todos nos vamos a morir y nadie sabe cómo, lo importante es saber cómo vivir, hermano" – solía decirme. Y respaldaba sus palabras con acciones. Al final, fue cierto. Vivió como quiso y murió sin darse cuenta. ¡Mierda, cuánto lo extraño!

Un sábado por la noche, en un bar donde mi hermano acababa de tocar con músicos de otros países que estaban de gira y a los que había conocido hace algunos años en Francia, en el mismo lugar, conocimos a dos chicas que habían ido a escuchar algo de jazz. Les había gustado mucho cómo había tocado Franco, pero, me di cuenta de inmediato, sus ojos estaban puestos en mí. Solía suceder eso y mis amigos ya lo habían asumido: yo era siempre el primero en elegir. Esa noche puse mis ojos sobre la rubia, pese a que prefería las morenas, pero sentí que ella tenía algo especial que me atrajo de inmediato. Mi hermano se conformó con la morena. Fuimos a mi departamento y, mientras Franco con su nueva amiga se revolcaban en el cuarto de invitados, la rubia y yo nos pasamos conversando toda la noche, sin siquiera pensar en algo más. Fue una situación peculiar, normalmente era al revés.

Ella vivía en la ciudad, pero pasaba casi todo el tiempo en una casa que había pertenecido a sus padres en el sur del país. Decía que ahí encontraba la tranquilidad que antes rehuía. Obviamente, tenía novio, pero me daba la impresión de que él no la tomaba muy en serio, era una especie de ermitaño que estudiaba en la misma universidad que ella. Por cómo lo describía, parecía ser un personaje interesante. Sentí lástima por él ya que planeaba quedarme con su novia. Aún recuerdo ese momento.

Me sentí atraído por ella al instante, quizás por la forma en que se refería a la gente. Nos pasamos toda la noche hablando de su historia familiar y de su novio, a quien ella hacía aparecer espontáneamente, con cualquier excusa, en casi cada tema que tocábamos, como una especie de *deus ex machina* en lo que parecía una repetida obra teatral pero, en esos momentos, con ella, era totalmente real. Su acento, aunque leve, era claramente extranjero. Su exquisito sentido del humor quedó de manifiesto al final de la noche. Me siguió el juego e intentó pronunciar la palabra "ratón" más de diez veces hasta que lo logró. Le costaba pronunciar la letra *erre* y decía algo así como "wratón".

A partir de esa noche – que habría hecho eterna porque no quería que ella se fuera – nos vimos casi todas las semanas, en grupo. Incluso nos invitó a su casa un par de veces.

El lugar donde estaba el pequeño campo antecedido por su casa quedaba a cuatro horas de la ciudad y tenía una especial belleza. Entre nosotros no había nada sexual y su novio era un tipo al que, al parecer, no le preocupaba que se viera con amigos. Quizás era demasiado seguro de sí mismo, de la lealtad de ella o, quizás, no estaba tan interesado en la relación. Llegué a obsesionarme con la idea de que solo le permitía reunirse libremente conmigo porque no me había conocido. Quizás si me conociera le prohibiría tener una amistad conmigo, lo que, conociéndola a ella, generaría una pelea que me daría la oportunidad para recuperarla. ¡Qué digo!, no era mía, pero así es como pensaba yo en esa época. Mirándolo en retrospectiva, en esos tiempos era un completo idiota, pero puedo atribuirle gran parte de la culpa a mi hermano mayor.

Esa situación, en la que preferían a otro, era algo nuevo para mí, lo que contribuía a la fascinación que me provocaba. A tanto llegó que, una vez, me encontré preguntándole por él de manera tan insistente que la conversación se puso extraña y ella me pidió detenerme. Ella lo describía como alguien que estaba en completa paz. Tiempo después comprobé que su mirada reflejaba una intensidad que, sumada a lo escaso y preciso de sus palabras, atraía no solo a las mujeres, sino también, aunque no de la misma forma, a los hombres, quienes, noté, necesitaban sentirse validados por aquel personaje.

Debo admitir que, además de querer a su novia para mí, sentí una especie de conexión con él; quizás, en mi subconsciente, lo reconocí como un digno rival.

Cuando yo llegaba a un lugar, los presentes solían saludarme aunque nunca me hubiesen visto – o, al menos, yo no los recordaba –, y hablaban de mí como si yo fuera un personaje público, sin percatarse de que estaban hablando conmigo. Es extraño oír aventuras tuyas de boca de alguien a quien conoces por primera vez y que se refiere a ti, en sus relatos, como si fueras su mejor amigo, sin saber que el protagonista de esas historias, generalmente exageradas, estaba parado frente a él.

Comencé a obsesionarme, me llegué a imaginar que a él le ocurría lo mismo, pero, a diferencia mía, prefería estar solo, no le gustaba la ciudad y, probablemente, le daba igual que hablaran de él o no. Eso me hacía sentir que estaba en una disputa con mi opuesto idéntico y, pese a que él no supiera que estábamos compitiendo, yo estaba obligado a ganar. No recordaba haber sentido esa inseguridad antes.

Un mes después de conocernos, fuimos algunos días, con amigas y amigos, al sur a la casa de ella y, aunque todos nos volvimos el jueves según el plan, mi hermano decidió quedarse hasta el viernes ya que no tenía que tocar hasta la noche siguiente y lo suyo con Ana, la morena, se estaba transformando en algo más serio. Ella le había insistido quedarse un día más. Camila esperaba a su novio ese viernes en la noche. Ellos iban a compartir, para mi envidia, el fin de semana completo, razón por la cual la invitación había sido, expresamente, hecha hasta el viernes a medio día. Franco, como de costumbre, quiso aprovechar el tiempo al máximo, pero prometió que viajaría temprano ya que tocarían a "tablero vuelto" al día siguiente. Yo me iría solo y ellos se irían al otro día en el automóvil de Ana. Esa fue la última vez que lo vi.

Al parecer durante el almuerzo habían tomado mucho vino y el limoncello que había hecho Camila unos días antes. Siguieron bebiendo hasta avanzada la tarde. Cuando Camila tuvo que ir a reunirse con su novio, el idiota de Franco, quizás para impresionar a Ana, insistió en conducir. Pese a que ambos habían bebido bastante, a Franco, como de costumbre, no se le notaba, por lo que Camila no dijo nada cuando, él ayudó a Ana a entrar con dificultad por la puerta del acompañante, tomó las llaves y, sonriendo como siempre, miró fijamente el estuche de su saxofón que había colocado esa mañana en el asiento trasero del auto y, con una voz elevada, para asegurarse que ambas mujeres escucharan, le dijo a su saxo "ahora tienes competencia, amor mío" y miró románticamente a Ana que estaba casi desmayada en el asiento delantero. Luego, miró a Camila que le sonreía en la puerta de la casa y, tras una reverencia, subió al asiento del conductor para partir al atardecer.

Camila le sonrió, cerró la puerta, le puso pestillo como siempre lo hacía cuando se quedaba sola y subió a prepararse para el encuentro con su novio. Estaba feliz y excitada, como cada vez que lo veía. Mientras subía las escaleras que daban a su cuarto pensó en que debía cambiar el peldaño que crujía y que la había despertado tantas veces cuando Allen se iba temprano. Le pediría que lo hiciera ese fin de semana.

Franco tenía que tocar ese viernes a las once de la noche, por lo que calculó suficiente tiempo para quedarse en la casa bebiendo hasta el último momento antes de volver a la ciudad. Nunca llegó. En una intersección poco señalizada hizo una mala maniobra chocando de frente al auto de una pareja. Ninguno de los cuatro sobrevivió.

A Camila la vi brevemente unos días después, en el funeral y no la volví a ver sino hasta seis semanas después, cuando yo había salido del estado de shock y terminado con los trámites relacionados con la muerte de Franco y el accidente. Superada la burocracia que acompaña la muerte de alguien cercano, sobre todo si la causa fue un accidente de tránsito, uno se ve finalmente enfrentado a la pérdida, proceso del que el funeral es solo el comienzo. Dicen que hay cinco etapas en el duelo. Para mí, claramente, los primeros días fueron de negación. No podía ni quería creer que Franco no estaba más. La noche después del funeral, completamente solo en el *loft* de Franco, mirando sus cosas, comencé a sentir rabia. Estaba tan furioso que llegué a odiar, por breves minutos, a mi hermano y la liviandad con la que tomaba el peligro. Incluso rompí de una patada a la guitarra que tenía apoyada en la pared.

Al día siguiente, y durante casi una semana, estuve amargado, tratando muy mal a la gente con la que tenía que interactuar. Decidí encerrarme por otra semana, durante la cual viví fantasías creadas por mi mente que terminaban en dolorosos supuestos que solo me producían mayor angustia. Imaginé distintos escenarios: que nunca conocimos a Ana y Camila, que lo había obligado a volver conmigo ese jueves, algunas veces por la fuerza, otras con argumentos y pasé así siete u ocho días imaginando un mundo alternativo, volviendo atrás cada momento en mi mente, como si pudiera cambiar lo que pasó solo con imaginarlo.

Lo que siguió fue un período de tristeza profunda que no fue dominado tanto por la pena como por un sentimiento cercano a una pacífica melancolía que incluyó más de una semana dedicada, casi todos los días, a beber con amigos en el bar donde solíamos reunirnos habitualmente con mi bohemio Franco.

Después de todo ese proceso, por fin, tuve la calma y el valor para llamarla y pedirle que me contara sobre los últimos momentos de mi hermano.

Cuando la vi nuevamente, supe en seguida que seguía enamorado de ella. Fue instantáneo, como si el accidente o el tiempo no hubiesen pasado. Pero lo que me contó después hizo que una corriente eléctrica recorriese mi cuerpo, haciéndome sentir hormigueos en los brazos y en la parte superior de mi cabeza.

Franco y Ana habían bebido mucho vino durante el *brunch* y habían comenzado a discutir acaloradamente, por lo que Camila les sugirió que se fueran a dormir un rato antes de viajar. Ana siguió con picardía a Franco hasta el cuarto de invitados donde se habían quedado durante esos días, llevándose una botella de vino que estaba llena hasta la mitad. Pese a que Camila sabía por sus oídos que no habían dormido, cuando se fueron esa tarde, Franco parecía estar sobrio, a diferencia de Ana que dejaba en evidencia su estado, interrumpiéndose con risas entre cada frase y ordenando con dificultad sus pensamientos y movimientos.

Veinte minutos después, recibió una llamada de Allen para decirle que llegaría por su cuenta más tarde ya que debía encontrar a su potro que se había escapado hace apenas unos momentos. Ella sabía lo importante que era Sarno para él. Habían cabalgado juntos muchas veces y, en cada una de ellas, admiraba la impresionante unión cómplice de hombre y bestia que la hacía sentir que lo amaba aún más. Se sorprendía a veces envidiando aquella relación, donde el enorme potro actuaba a veces como si fuera un perro con su amo, algo que no había observado con otras personas o caballos. Pero, por sobre todo, quería profundamente a su novio y consideraba que la relación con el animal era el reflejo de la nobleza que ella reconocía y adoraba en él.

Dos horas más tarde, y pensando que era Allen nuevamente, respondió el teléfono con una voz burlona y alegre. En realidad, la llamada era de la madre de Ana que, con una voz muy alterada le preguntó si su hija estaba aún ahí. Cuando Camila le respondió que no, que había partido hace algunas horas con Franco, escuchó cómo la mujer lanzaba un agónico grito y luego se ponía a llorar desconsoladamente lejos del auricular. Ninguna de las dos colgó el teléfono. Camila, sin entender exactamente, pero sospechando el motivo de esa extraña llamada, esperó en silencio. La madre de Ana, tras aproximadamente un minuto que pareció una eternidad, dijo entre sollozos – mi hija está muerta, mi hija está muerta –. Luego de un nuevo llanto, y con algo de calma, mientras Camila seguía en silencio, le explicó que la policía había llamado momentos atrás para decirle que el auto de su hija se había visto involucrado en un accidente de tránsito sin sobrevivientes, a una hora de donde estaba Camila. Luego, sin que Camila hubiese emitido algún sonido aún, le pidió, como un ruego y manteniendo vivo algo de esperanza, que fuera a corroborar si se trataba efectivamente de Ana, que a ella le tomaría más de tres horas llegar y que no creía poder sobrevivir el dolor ni el viaje. Camila me aclaró que en ningún momento sintió que le estaban preguntando, lo sintió como una orden y, a la vez, como un deber. Involuntariamente abstraída de la información que había recibido, se subió a la camioneta que había sido de su padre y siguió el camino que, unas horas antes, habían recorrido sus amigos.

Cuando llegó al lugar no tuvo dudas de que era el automóvil de Ana, tampoco de que los dos ocupantes habían muerto. Durante la década de los ochenta, poca gente utilizaba cinturón de seguridad y los automóviles tampoco contaban con muchas medidas de protección como sucede hoy. Había sido un choque frontal y no quedaba mucho de la estructura de los vehículos. Por eso no tardó más que unos momentos en notar, entre la oscuridad y las luces de colores de los autos policiales y las ambulancias, que conocía perfectamente el lujoso automóvil que había sido impactado por el auto de sus amigos, probablemente, intentando alguna torpe maniobra en la intersección de la calle local con la carretera y que, también, aunque menos que el otro, se había desformado casi por completo.

Bajó de la camioneta y cayó, sin quererlo, de rodillas sobre el pavimento. Se sintió ahogada. No podía gritar, pese a que sentía que lo estaba haciendo. Se imaginó, sin poder evitarlo, de manera vivida, los momentos finales de sus amigos y de los padres de su novio. El dolor era demasiado y no sentía tener fuerzas para caminar. Se quedó arrodillada sin poder incorporarse por unos minutos hasta que un policía la tomó por el brazo y la alzó. Instantáneamente, Camila lo abrazó y explotó en llanto. El policía no necesitó explicación para entender que ella era cercana a alguno de los protagonistas del accidente. Mientras intentaba consolarla, le dijo algo que Camila no escuchó y la abrazó para evitar que se desplomara nuevamente.

El policía no tenía cómo imaginar que ella conocía (y quería) a las cuatro víctimas del accidente, cuyos cuerpos aún se encontraban a unos metros de donde ella lloraba amargamente en los brazos de un completo desconocido que, en esos momentos, era lo único que la mantenía de pie.

Desde el día del accidente y durante varias semanas, Camila no vio a su novio. No sabía si Allen se había enterado de que sus amigos, luego de haberse embriagado en la casa de ella, habían sido los causantes de la muerte de sus padres, o si él, simplemente, se había aislado y no quería ver a nadie. No había respondido a sus llamadas y tampoco a los mensajes que ella le había dejado.

Allen tenía ese tipo de personalidad, era un ser sociable que se adueñaba del lugar donde estaba, pudiendo conversar de cualquier tema en profundidad, con diferentes personas a las que les hacía sentir que gozaban de su completa atención aunque, sin problema y hasta con gusto, podía estar solo y aislado, disfrutando de sus pensamientos dentro de un rico y profundo mundo interior que, a ella, le intrigaba y atraía.

Lo que durante las primeras tres semanas había sido, sin duda, una pena profunda, compasión y preocupación genuina, pasado un tiempo se fue transformando, de manera inexplicable para Camila, en una sensación de resentimiento y rabia que le costaba controlar. Tenía mucho que ver con que ella también sentía dolor y necesitaba apoyo o, al menos, hablar con él. Quizás era la ansiedad de saber si la culpaba de alguna manera, por mínima que fuera, del accidente.

¿Cómo era posible que prefiriera estar solo en ese período y no con ella? ¿La quería realmente como contadas veces le prometió? Camila fue en dos ocasiones a El Destino con la intención de entrar, pero se encontró con que el gran portón de acero forjado estaba, por primera vez, cerrado y sabía, por las muchas veces que lo había recorrido, que era imposible caminar los kilómetros que separaban esa entrada de la casa principal. Ese período de algunas semanas le pareció que había durado más de un año.

Lloramos, reímos, nos tomamos de la mano, nos besamos e hicimos el amor. Había ganado. No puedo creer que pensé eso aquel día. Pero no podía evitarlo. Aunque nunca lo había visto más que en fotos, seguía compitiendo con Allen. Ahora noto lo inmaduro que era en esa época, recuerdo que me imaginaba a Franco felicitándome y riéndose, diciéndole orgullosamente a sus amigos cuando hablaba de mí, que ninguna mujer se podía resistir a los encantos de su hermano.

Ese día y la noche siguiente fue, pese al dolor de revivir el ocaso de la vida de mi hermano, una de las ocasiones más felices que había vivido. Aún recuerdo la sensación de estar soñando. La amaba. Volví a la realidad la mañana siguiente, cuando alguien golpeó bastante fuerte a la puerta y, luego de despertarnos, volvió a golpear con más fuerza. Adiviné quién era solo cuando Camila volvió llorando y me pidió, sin hacer contacto visual ni cruzar el marco de la puerta, que por favor me fuera.

Acababa de vender mi departamento. El dinero me daba lo mismo, pero por fin me sentía sin ataduras con el país.

Pensaba irme a Europa por un tiempo y, de ahí, quién sabe. Necesitaba una brújula, alguna paloma con una rama en el pico dándome esperanza de que habría tierra cerca; cualquier señal para poder encontrar el rumbo o ver que había algo que valía la pena más adelante. El mundo había cambiado tanto para mí que ya no sabía bien dónde empezaba yo y dónde terminaba el ser que había vivido una vida superficial y vacía. Cuando uno sufre un golpe fuerte, las cosas de inmediato cambian de peso y de color. Por ejemplo, ahora prefería escuchar música en soledad a las ruidosas noches de alcohol con amigos y mujeres que, unas semanas antes, sentía como el centro de mi vida. Me doy cuenta de que intentaba escapar o evitar enfrentar, de alguna manera infantil, la realidad. Aún no sabía qué iba a hacer ni qué rol jugaba yo en todo esto que llamamos vida y que, evidentemente, según todas las religiones, debía tener algún sentido. Tenía veinticuatro años y la sensación de que había finalizado una etapa.

Sin haberme dado cuenta, había pasado de ser el protagonista de mi vida a ser un mero espectador que desconocía la siguiente escena y que no tenía control alguno sobre la historia.

Años antes, dirigidos por William y en conjunto con Franco, habíamos preparado al grupo de empresas para que pudieran funcionar de manera profesional, sin que nosotros tuviéramos la capacidad de estropear las cosas. La decisión no había sido gatillada ni dirigida por un acto de madurez, sino más bien se debió a que disfrutábamos en exceso de la comodidad que nos daba la vida con dinero y el no tener que esforzarnos demasiado para obtenerlo.

Franco, en una actitud que yo no compartía pero realmente admiraba, solo había gastado más de lo normal en el lugar donde vivía. Pese a estar incrustado en el barrio más bohemio de la ciudad y por fuera no llamar la atención, era un lujoso *loft* de tres pisos que había construido con la ayuda del mejor arquitecto del país que, por supuesto, era amigo suyo, remodelando una antigua casa de la que solo habían conservado la fachada.

Aquel día, de pie en la terraza del *loft* que había ido a cerrar por completo antes de partir y que aún no decidía si vender, alquilar o, simplemente dejar abandonado para que el espíritu de Franco lo recorriera sin perturbaciones, podía imaginar cómo el gran cerro que se asomaba tras unas casas al costado del edificio de tres pisos y que parecía querer devorárselo, había sido testigo de animadas conversaciones entre mi hermano y sus amigos. Parado en ese lugar, volví a sentirlo disfrutando el espacio en el que, sabía, fue realmente feliz.

El resto del dinero lo ahorraba o iba en ayuda de sus amigos músicos cuando lo necesitaban. Franco, incluso, había pasado noches durmiendo en la calle acompañando a uno de sus cercanos al que habían expulsado de la pensión donde vivía por no tener dinero. En vez de prestarle una cama en su *loft* prefería acompañarlos en la calle y luego ayudarles a buscar una solución. Sabía por experiencia que, una vez que un músico en desgracia entra a tu casa sin dinero, es muy difícil sacarlo de ella sin correr el riesgo de, irremediablemente, perder la amistad. Tampoco quería que recurrieran a él en busca de dinero, ya que también sabía, por experiencia, que era un ciclo difícil de cortar, por lo que solía decir que el loft era de un tío que le había pedido que lo cuidara temporalmente mientras esperaban para demolerlo y construir otra cosa. Ajenos a la realidad económica de Franco, todos creían la historia y lo querían por la maravillosa persona que era, sin enterarse nunca de que, los misteriosos contratos que les aparecían cuando más lo necesitaban, para tocar en extraños lugares que a veces estaban casi vacíos, pero en los que pagaban jugosamente, eran organizados por la asistente de gerencia del grupo empresarial, a pedido de mi hermano y pagados con su propio dinero, sin que nadie, excepto el Gerente General, lo supiera.

Estaba absorto en mis recuerdos cuando justo debajo de la terraza, el bocinazo histérico de un automóvil que intentaba mover la fila de dos automóviles que lo antecedía, me hizo volver a la misión que me había llevado a ese lugar. Rápidamente, comencé a recorrer los tres pisos, cubriendo los muebles de la mejor manera que pude con retazos de tela que había pedido que me llevaran desde la oficina. Antes de partir, tomé uno de los tacos de billar y, en un desborde de esquizofrenia voluntaria, jugué una partida con el fantasma de Franco y, aunque fuera solo por unos minutos, pude sentirlo y despedirme por última vez, tras lo cual cubrí la mesa con mucho cuidado y abandoné el lugar en paz.

Unas horas más tarde, me reuní con William para dejar todo lo referente a los negocios preparado para mi ausencia y ponernos de acuerdo en cosas relevantes del negocio. Desde la muerte de mi padre, e incluso antes probablemente, él se había transformado en parte de la familia y gozaba de nuestra absoluta confianza.

Dos días después, me encontraba, con cierta angustia, en un vuelo a París, ciudad que había visitado con mi padre y Franco varias veces, donde tenía un par de amigos y que esperaba fuera mi refugio temporal mientras decidía qué iba a hacer con mi vida.

Década de los 80, Cerca de Talca, Chile

En cuanto el fuego estuvo listo, se agazapó sobre una roca un poco más arriba del lugar del río donde había estado anteriormente, ya que no quería volver a dejar de sentir sus piernas por el frío del agua. Con el arpón en la mano, esperó hasta divisar algún pez bajo la superficie. A diferencia de las dos rocas que había utilizado antes y que estaban varios metros más abajo, la enorme roca sobre la que estaba en esos momentos producía una especie de remanso y la superficie del agua estaba calma, lo que permitía que se viera el fondo con bastante claridad. Pasaron un par de minutos hasta que apareció la primera trucha.

Apenas la divisó, Allen trató de incorporarse, pero el tiempo inmóvil y el frío le pasaron la cuenta. Cuando quiso ponerse en una posición que le permitiera lanzar apropiadamente su lanza, el entumecimiento de sus músculos casi lo hace perder el equilibrio y caer al agua; de hecho, fue tan torpe su accionar que se desentendió del pez y dedicó un tiempo para afilar aún más las puntas de su herramienta de pesca. Era como si pensara que alguien lo estaba viendo y quisiera pretender que todo fue premeditado.

Con el arpón un par de centímetros más corto se paró sobre la roca y, para su sorpresa, vio que el pez seguía ahí. Sin pensarlo, en un acto reflejo, lanzó el trozo de madera con tal precisión que tres de las cuatro puntas atravesaron el cuerpo de la trucha de lado a lado, en un ángulo que marcaba exactamente la trayectoria en la que el arpón penetró a la criatura, dejándola inmóvil, fijada al fondo arenoso que había generado el depósito de sedimentos en aquel remanso.

Allen sacó su cuchillo, lo insertó en el orificio anal del pescado y, sin mucho esfuerzo, lo deslizó hasta donde empezaba la cabeza. Las vísceras de la trucha comenzaron a asomarse, desgarradas por la lanza que las había atravesado y, tal como lo había hecho muchas veces con Fernando, Allen las sacó con la mano y las lanzó de vuelta al río. Hizo lo mismo con la cabeza una vez que la cortó y, luego, poniendo el pescado sobre una roca, recorrió la piel del dorso con su cuchillo en dirección contraria a las escamas que se rindieron inmediatamente ante el afilado metal y cayeron sin ningún esfuerzo. Volvió a meter la carne al agua y, una vez limpia, la puso sobre una roca plana que había colocado sobre el fuego anteriormente como una especie de parrilla y que mostraba la alta temperatura que había adquirido difuminando el aire que se encontraba hasta cincuenta centímetros sobre ella.

Cuando terminó de comer, todavía quedaba un buen pedazo de carne que guardó en el pañuelo que traía en un bolsillo de la montura para terminarlo más tarde. Se echó bajo un árbol y dormitó un poco para, después, volver a montar y seguir su camino.

Década de los 90, Santiago, Chile

Mientras estábamos sentados aún en el Hotel, hizo una pausa, se rio avergonzado de los detalles que contaba, bebió un poco de vino y siguió contándome su versión de lo que fueron para él esos días donde, sin conocernos, hace más de una década, habíamos compartido un dolor tan profundo. Me llamó mucho la atención la confianza que parecía tenerme.

Allen me dijo que no había podido dejar de pensar en lo triste que estaba. Sentía que lo de Camila le había dolido casi igual que la muerte de sus padres y sabía que no eran hechos comparables.

Había decidido abandonar sus estudios de Derecho en la universidad, ya que no recordaba muy bien qué había sentido y tampoco le importaba su vida de hasta hace solo algunos meses. Había estado en shock y parecía que recién estaba despertando en aquella abrumadora naturaleza.

Echaba de menos tener un hermano. Nunca tuvo uno y, en esos momentos, habría dado cualquier cosa por tener a alguien que mitigara su soledad, y solo podía imaginar lo que era tener a alguien que compartiera su dolor.

Le dije, aún sin saber lo que hacíamos ahí, que lo entendía perfectamente.

Década de los 90, Santiago, Chile

Muchas cosas pasan cuando menos lo esperamos. No podría haber previsto que una simple llamada cambiaría tanto mi futuro. Es extraño como, en un solo instante, la vida puede tomar dos direcciones diametralmente opuestas.

¿Cómo se conocieron tus padres? ¿Qué fue lo que pasó para que dos personas se sientan tan cerca? ¿Y si tu abuelo no hubiera estado ahí el día que tu abuela acompañó a regañadientes a su amiga a ese cumpleaños? Somos, simplemente, una increíble casualidad, una unión de infinitas coincidencias que abarcan desde la creación del universo hasta el momento en el que nos encontramos. De los millones de seres humanos que hay en el mundo o que ha habido a lo largo de la historia, después de guerras, inquisiciones, descubrimientos, esclavitud, explosiones atómicas, dos personas se conocen en el momento exacto y hacen el amor en el momento exacto. Ahí solo comienza lo sorprendente: de los millones de espermatozoides solo uno, el indicado, fecunda el óvulo y comienza el intrincado proceso de la vida, pero no de cualquier vida, sino de tu vida.

Antes de partir, hace ya varios años, había dejado todo listo como para seguir recibiendo una gran cantidad de dinero cada mes sin tener que volver. Con Camila habíamos intercambiado un par de cartas y, en la última, me dio a entender que quería verme.

Pese a que me había casado hace algunos años en Francia con una excelente mujer, no éramos felices y, en un momento en que dejé correr mi imaginación, unas semanas antes del viaje, usando mis condolencias como excusa para mitigar el cargo de conciencia por los pensamientos que paseaban por mi mente, incluso estando en frente de mi esposa, le escribí para hacerle saber que me gustaría verla y ponernos al día. Le envié mi itinerario y el número telefónico del hotel donde me hospedaría.

Estaba al lado del teléfono en el cuarto del hotel, esperando a que llamara el taxi que había contratado para ir al aeropuerto, por lo que, cuando sonó el aparato, respondí de inmediato. Para mi sorpresa, era Camila.

No alcancé a decirle que me iba en algunos minutos ya que, en cuanto me pidió que nos reuniéramos, se me olvidó Europa, se me olvidó el mundo, Celine y, a decir verdad, también se me olvidó cancelar el taxi, aunque me imagino que, después de esperar un par de minutos se habría ido. No sé. Tampoco me importaba en ese momento.

Mi abuelo llegó a Chile en un barco proveniente de Alemania, donde había perdido a toda su familia. Llegó solo, siendo un adolescente y sin nada, como casi todos los inmigrantes que escapaban de la Segunda Guerra Mundial. Aquí conoció a mi abuela, dos años mayor que él. Ella lavaba y cosía la ropa de la gente del barrio. Mi abuelo, según contaba, se enamoró perdidamente de esta chica de diecinueve años. Solo para poder pasar más tiempo con ella ideó un plan que, sin saberlo, fue sumamente exitoso y, según se enteraría años más tarde, totalmente transparente con respecto a sus fines, que fueron adivinados por mi abuela incluso antes de que él, visiblemente nervioso, pronunciara la primera palabra.

Con lo que pudo ahorrar vendiendo diarios en la calle, ya que ese era uno de los trabajos que podía realizar sin documentos oficiales ni hablar el idioma local, compró una bicicleta y le propuso a mi abuela que se asociaran. El pasaría a buscar y a dejar la ropa de los clientes que ella lavaba y cosía. La idea era ampliar el número de clientes ya que la distancia no sería tanta. Además, se le ocurrió entregar tarjetas junto con el diario. Fue una excelente idea y, al poco tiempo, mi abuela ya no daba abasto, por lo que contrataron a dos amigas de ella, las que, al cabo de un par de meses, se hicieron insuficientes. Con lo que ganaron entre los dos obtuvieron los papeles oficiales y pusieron formalmente una lavandería. Mi abuelo seguía yendo a buscar la ropa en su bicicleta, la ponía en un gran canasto en la parte trasera sobre una especie de tapabarros que había construido sobre la rueda y se la llevaba a las amigas de su amada. Ella, además de hacer parte del trabajo, supervisaba celosamente las tareas del equipo de trabajo.

Al cabo de un año ya tenían dos locales y ninguno podía ocultar lo que sentía por el otro. Como en cualquier historia de amor, después de un breve romance, decidieron casarse.

Pese a que las fotos sepia estaban arrugadas y desteñidas por el tiempo, aún era imposible no notar el parecido de mi padre con mi abuelo y era muy difícil, también, no darse cuenta de por qué le tomó a mi abuela más de un año, un par de locales y mucho esfuerzo por parte de mi abuelo, enamorarse de aquel desgarbado joven que, además de su ingenio, era muy poco lo que tenía para ofrecerle al sexo opuesto.

Pero lo que pasó ya es historia y al cabo de un año tuvieron a mi padre. Debido a que este nació por cesárea y hubo algunas complicaciones durante el parto, para mi abuela se hizo muy peligroso tener otro hijo por lo que mi padre no tuvo hermanos.

Cuando mi padre cumplió seis años, mi abuelo lo llevó a ver una obra infantil a un teatro ambulante que se había colocado con su carpa multicolor en un sitio eriazo, a dos cuadras de la casa donde vivían. En medio de la obra mi padre se asustó con uno de los personajes y comenzó a llorar ruidosamente. Mi abuelo, para no molestar a nadie, lo sacó por el acceso lateral y se encontró con un espectáculo bastante peculiar. Tres hombres martillaban a toda velocidad unas tablas para hacer la fachada de una casa que luego se iba a utilizar sobre el escenario para la siguiente obra. Era bastante simple y, de hecho, observó que si se juntaban varios de esos paneles se podría fabricar una casa de pequeñas proporciones o ampliar algunas casas más grandes. Siguió pensando en eso todo el día y a la mañana siguiente ya lo había decidido. Empezaría a ofrecer ampliaciones de casas con el dinero que ganaban con el negocio de las lavanderías.

Dos semanas después y con algunos interesados, pero sin ninguna experiencia, decidió contratar a los tres personajes del teatro que aún estaba dando funciones. Cobraban bastante menos de lo que él pensaba pagarles, por lo que sintió que el negocio funcionaría muy bien.

Al cabo de cinco años, era lo bastante conocido como para empezar a hacer casas más sólidas y grandes. Así pasó el tiempo hasta que, cuando el cáncer se robó la vida de mi abuelo, mi padre heredó un pequeño imperio de lavanderías y tiendas de ropa, además de un grupo inmobiliario compuesto por dos constructoras y tres empresas inmobiliarias que atendían a diferentes estratos sociales.

A Franco y a mí nunca nos faltó nada material. Mientras analizo mi pasado, creo que la superficialidad que me dominaba hasta la muerte de mi hermano se debía a una gran soledad en nuestra infancia, producto del temprano fallecimiento de mi madre antes de que yo cumpliera cuatro años y a la distancia emocional que generó mi padre con nosotros a partir de ese momento. Desde pequeño recuerdo haber compartido mi mundo, o lo que consideraba el espacio familiar, con mi hermano y solo recuerdo contadas ocasiones especiales en que mi padre reemplazó a alguna de las dos mujeres que estaban contratadas para cuidarnos. La casa donde crecimos era muy grande y teníamos un jardín en el que jugábamos con distintos amigos y vecinos que se nos unían de vez en cuando. El prestigioso colegio privado internacional al que asistimos quedaba bastante lejos de la casa. Todos los días nos llevaba el marido de una de las mujeres que nos cuidaban, en un automóvil que mi padre había comprado especialmente para que nos transportaran a donde necesitáramos y para que se hicieran las compras semanales. No éramos los únicos niños que tenían chofer en ese colegio, por lo que no nos dábamos cuenta de nuestra situación privilegiada. Tampoco éramos los únicos con un padre ausente. Vivimos nuestra infancia y parte de la juventud sumidos en un mundo de excesos materiales y carencias afectivas que se condecía, totalmente, con el de nuestros amigos. Cuando Franco cumplió dieciocho años descubrimos que ese mundo era solo una burbuja que se reventaría con la muerte de nuestro padre. El único día que sabíamos con certeza que él estaría presente era para los cumpleaños. Por alguna razón, le daba mucha importancia a esas fechas y nos hacía espectaculares regalos. Cuando Franco cumplió los dieciocho, esperamos todo el día a que mi padre volviera de la oficina, pero una de las mujeres que nos cuidaba y cuyo nombre olvidé, nos dijo que había tenido que ir a ver al doctor producto de un dolor y que volvería esa noche. Supimos que algo andaba terriblemente mal cuando, cerca de las diez de la noche, William, un inglés de cuarenta y cinco años que actuaba como la mano derecha de mi padre en todos sus negocios y que siempre iba vestido elegantemente lo que lo hacía parecer bastante mayor, llegó a buscarnos en el automóvil de mi padre y con cara compungida. El infarto había sido fulminante y solo pudimos verle la cara nuevamente mientras lo trasladaban a otro sector dentro de la clínica a la que lo había llevado algunas horas antes William, sin muchas posibilidades de poder ser resucitado.

Década de los 90, Santiago, Chile

Había pasado más de una década desde que partí, estaba de paso en el país para reunirme con William y firmar, como presidente, para que mi grupo de empresas se hiciera público mediante un gran aumento de capital. La idea no había sido una sorpresa ya que el país acababa de convertirse en una democracia un par de años antes y las expectativas de crecimiento se habían disparado, sobre todo, en el rubro inmobiliario y de construcción. El proyecto de William me generaría una obscena cantidad de dinero y, a él, lo haría el director ejecutivo del grupo inmobiliario más importante del país. Sin embargo, me había costado decidirme, ya que me traería una enorme cantidad de responsabilidades adicionales y, al transarse en la bolsa de comercio, la empresa estaría siempre bajo una lupa. Los argumentos que me había dado William, además de hacerle una especie de homenaje a mi abuelo, a mi padre y a Franco, hacían que sintiera que era lo correcto. Pero algo en mí me frenaba, me había hecho dudar e, incluso, inclinarme hacia un rotundo no y, curiosamente, cuando estaba convencido de no hacerlo, una breve historia que involucraba una vaca, un maestro y su aprendiz, me hizo cambiar de idea. Sentía que no me quedaba nada más por hacer, tenía la sensación de que nada más iba a pasar en mi matrimonio y, al menos, al igual que alguien que prueba cocaína por primera vez, esperaba que esa acción innovadora le diera un golpe de emoción a mi vida.

Todo estaba cambiando en la ciudad que me había visto crecer. El antiguo bar Arsénico era ahora un elegante restaurant rodeado de edificios en construcción donde, para mi sorpresa, muchas de las obras estaban siendo ejecutadas o desarrolladas por alguna de mis empresas. A mí solo me llegaba el reporte de los números y un resumen que hacía William con los hechos más relevantes una vez cada semana. Para todo lo que fuera urgente, simplemente me llamaba; sin embargo, era diferente analizar todo desde fuera y a la distancia que estar parado en frente de las obras. También me llamó la atención la cantidad de altas grúas amarillas que se podían observar desde casi cualquier punto de la ciudad, evidenciando el dinamismo de la economía y las favorables expectativas de los empresarios. Cada obra reunía un grupo de inversionistas o empresas que esperaban vender, en un plazo de entre seis y veinticuatro meses, varios departamentos u oficinas en los que habían invertido con gran antelación. Por eso el dicho de que, cuando llegues a una ciudad, fíjate en el número de grúas para saber cómo será su futuro. Para la empresa el futuro se veía brillante en esos momentos, sin embargo, seguía viéndose nublado para mí.

Pese al revuelo de la operación, no tenía mucha gente con quien reunirme en ese viaje, ya que estaba, me doy cuenta ahora, sumido en una profunda depresión y me había negado a aceptar las innumerables invitaciones que me habían realizado. Intenté que el viaje fuera lo más breve posible: reuniones de negocios; visita a la tumba de mis abuelos, padres y a la de Franco, que estaban en el mismo cementerio; y, quizás, recorrer un poco de la que, ahora, me parecía una ciudad nueva. Tenía todo preparado para volver y estaba esperando la llamada del taxista cuando recibí el inesperado llamado de Camila. Pidió que nos reuniéramos en el lobby del elegante y recién inaugurado Hotel Hyatt.

Al llegar, me sorprendí de ver a Allen sentado en uno de los sillones, muy relajado, vestido de manera impecable con pantalones, zapatos y chaqueta negra. Sin saber si también esperaba a Camila, pero sospechándolo, me acerqué y lo saludé. Al ver la expresión de su cara cuando pronuncié su nombre, entendí que también me estaba esperando a mí o, al menos, sabía que yo iba a ver a Camila. Le comenté que una antigua amiga me había citado, después de mucho tiempo sin verla y que sabía, por fotos, que él había sido su novio. Quizás me aventuré a tanto porque contaba con ser salvado por la llegada de Camila, lo que no ocurrió. Por fortuna y antes de que el silencio se hiciera incómodo, una recepcionista elegantemente vestida se acercó a nosotros y nos avisó que Camila llegaría con retraso y que, por favor, nos sentáramos en la barra del hotel mientras la esperábamos.

Mientras yo pedía que me sirvieran un whisky y él sostenía una copa de vino en la mano, le expliqué secamente quién era. Entendí que no podía seguir rehuyendo el tema, sin embargo, no le comenté sobre la noche que estuve con Camila, llegué solamente hasta mencionar el accidente.

Luego de otro silencio, que me pareció bastante largo, pero durante el cual sentía que me había sacado un enorme peso de encima o, al menos, la mitad de ese peso, me dijo que sabía quién era, que Camila le había contado y que también sabía que ella no llegaría puntual ya que quería darnos tiempo para conversar. Él le había pedido hacer la cita. Quería conocerme antes de aceptar lo que ella le había pedido y, en lo que pronto, me vería envuelto. Así fue como comenzó la historia que le volvió a dar sentido a mi vida, después de más de diez años de sentirme como un sonámbulo paseando por ella. A continuación, intentaré reproducirla de la mejor manera posible, pese a que los detalles pueden parecer desordenados y difíciles de conectar.

Dejaré el resto de la historia de Allen, y lo que descubrió en la caja de seguridad que abrió la llave de su padre, para el final para no confundir las cosas y tampoco las razones por la que aún no he vuelto a París.

Década de los 40, Santiago, Chile

Ramiro y Jano se conocieron en una oficina de ayuda social a la edad de cinco años.

Las madres de ambos iban a su cita mensual con la asistente social y, como es de esperar, la atención no era la mejor ni la más puntual. Las señoras que allí esperaban, ya resignadas, tejían, conversaban sobre la actualidad – quién había abandonado a quién; cuál era el personaje que se acostaba con la señora Gladis cuando su marido salía a vender los cartones y botellas que recolectaba; en fin, conversaban o, simplemente, dormitaban. Como era de esperarse, las personas que allí acudían no tenían dinero como para contratar niñeras o enviar a sus hijos a una guardería infantil, como lo hacían las mujeres de mejor condición social. A ellas no les quedaba más remedio que dejar a sus hijos con alguna vecina o acarrearlos, muchas veces de mala gana, con ellas.

A pesar de lo que podría esperarse de un lugar así, la atmósfera era buena, ruidosa siempre, pero era un lugar agradable gracias a la dedicación de la asistente social, quien, además, había ofrecido hacer clases gratuitas de inglés a los niños, aunque para su sorpresa, solamente Jano y Ramiro asistían a la cita de los sábados. Las madres de ellos eran las únicas que parecían estar interesadas en las ventajas que les daría saber otro idioma o, quizás, porque tenían solamente un hijo y las clases les entregaban tiempo libre. Además de la satisfacción de darle educación complementaria a los niños, Jenny sintió que ellos llenaban el gran vacío emocional que le producía estar sola y lejos de su hogar.

Los dos niños, abstraídos de toda la situación en aquella oficina, jugaban con unos animales de plástico – que no tenían ninguna relación en formas, tamaños o colores ya que eran donaciones o rescate de los juguetes que desechaban otros niños de clases más acomodadas – y se turnaban al león, ya que era el que dirigía al resto de los animales, a la cebra, la jirafa, los dos monos, a la descolorida vaca y, por cierto, a los dos caballos. Poco importaba de qué lugar venían o qué tipo de animales eran porque, en la selva – o granja – de Ramiro y Jano, lo único que importaba era que el león era quien mandaba.

A los cinco años poco se sabe del concepto del tiempo, razón por la cual, las peleas por el poder eran bastante más frecuentes de lo que las madres hubiesen deseado; y los animales, aunque no eran culpables del poder del león, eran los primeros en volar por los aires durante estas disputas; luego, lo harían papeles, monedas y cualquier cosa que se encontrara al alcance de esas pequeñas manos con tan mala puntería. Lo único que no volaba nunca era el muñequito del león, firmemente sujeto por las manitos de su portador, mientras soportaba los embates de su amigo estoicamente. La señora Jenny, como llamaban a la joven asistente social, era una norteamericana que llegó al país trabajando para una conocida ONG y que, irónicamente, después de enamorarse de un chileno, se quedó en el país trabajando para una organización gubernamental como lo era el ministerio de bienestar social. Jenny era el alma que hacía que ese lugar fuese soportable y funcionara sin tanta burocracia, a pesar de todos los esfuerzos de sus superiores.

El romance tuvo un abrupto final debido a que su pareja, un importante personaje de la política, se vio envuelto en líos amorosos con una de las secretarias del ministerio. Literalmente "se vio envuelto" ya que fue la pobre Jenny quien lo descubrió cuando, queriendo darle una sorpresa y después de decirle que se iba a su casa, volvió a la oficina para entregarle una hermosa chaqueta que le había comprado para celebrar lo que, según sus cálculos, era un año de relación.

Jenny en ese entonces trabajaba para una oficina regional de asistencia social. Le gustaba lo que hacía y no iba a abandonar ese trabajo por ningún motivo, aunque tuviera que verle la cara en alguna reunión al hombre que alguna vez creyó, sería el padre de sus hijos. Pese a la insistencia de su familia para que volviera a su país, ella estaba muy tranquila y convencida de ser feliz ahí, sobre todo cuando, totalmente inconscientes de su cruda realidad, veía a esos dos pequeños que amaba, peleando por su turno de ser quien gobernaba en la selva imaginaria a los animales de plástico. Lo único que la apenaba un poco era no tener hijos propios; pero eso ya vendría, tenía solo veinticuatro años.

Caminando por la calle Bandera durante su hora de almuerzo, Jenny vio en la vitrina de una tienda, un libro que le llamó profundamente la atención. Había una foto de un imponente león en la portada y el título sonaba a misterio, peligro, misticismo: "Etosha". Quiso entrar a comprarlo para mostrarle a los niños las fotos de animales que imaginaba contenía en su interior, especialmente la del león; pero la librería estaba cerrada, abrían dentro de dos horas. Volveré más tarde, pensó.

Pasaron dos años. Jenny seguía sola. Lo único que contrarrestaba su sensación de soledad en un país extraño era que tenía a sus niños los sábados, Ramiro y Jano, quienes no peleaban tan seguido desde hacía un año aproximadamente, cuando Jenny les había regalado otro león de plástico, exactamente igual al que había en el reducido espacio de juegos de la oficina.

Los niños, además, desde ese día la adoraron con toda su alma y la "tía" Jenny pasó a ser un personaje aún más importante de lo que era en sus vidas. Ella los visitaba a menudo en sus casas como parte de su trabajo. En la oficina siempre tenía dulces y pasteles para todos los niños, en especial, para sus dos preferidos.

Pasaron tres años más, los niños iban hace tiempo a la escuela y, aunque ya no se interesaban por los muñecos de plástico, pasaban a ver a la tía Jenny cada vez que podían. Eran encantadores, en especial Ramiro. Eran tan amigos que no pasaban un día sin verse y, los fines de semana, dormían en la casa de alguno de ellos, como parte de un acuerdo entre sus madres que, fin de semana por medio, podían tener algo de tranquilidad.

Un día, en cuanto terminaron las clases, fueron corriendo a ver a Jenny. Jano se había sacado, por primera vez, la mejor nota del curso. Habitualmente era Ramiro el buen alumno y Jano era más bien del montón. Los dos niños corrían como si los persiguiera algo, estaban haciendo carrera y, esa vez, había ganado también Jano. Habitualmente ganaba Ramiro, pero algo le molestaba.

Jenny tenía un libro en la mano cuando entraron y hablaba por teléfono en inglés. Los niños lo sabían porque la norteamericana se había esmerado en enseñarles su idioma.

Al ver a los niños se apresuró y, emocionada, colgó. Al contarle acerca de la nota los niños vieron que se puso a llorar. No entendieron bien el porqué de tan visceral reacción y se preocuparon.

– *My dear ones*, me voy a África – dijo entre sollozos– parto en un mes más. Voy a un país que se llama Namibia – y les enseñó la portada del libro que había comprado hace un par de años y que les había leído tantas veces. Los niños quedaron devastados. Especialmente Ramiro, para quien ese día había sido terrible y estaba empeorando.

Pasaron ocho largos años y los dos otrora niños terminaron la escuela. Ya había pasado lo peor, pensaron, por fin podrían trabajar en algo remunerado, al menos, ese era el deseo de Jano. Ramiro tenía un plan que guardaba en secreto junto a otros chicos mayores. Su madre había fallecido cuando él tenía trece años y, desde entonces, no había sabido de estabilidad.

Aunque las clases les gustaban mucho, era el entorno de pobreza lo que ambos querían dejar atrás.

Un mes antes de que terminaran las clases a cada uno le llegó un sobre similar a la escuela, con cuatro sellos postales en inglés y con la figura de una leona con su cachorro. No les costó mucho adivinar quién las había enviado.

En la carta, la última de muchas que había enviado Jenny desde su partida, les invitaba a pasar el verano con ella en Namibia. Les enviaba un número donde conseguirían los pasajes que ella había comprado como regalo de graduación, para lo más parecido a hijos que había tenido durante sus años en Chile. Pese al tiempo que había pasado desde la última vez que los vio, el cariño estaba intacto. Había estado ahorrando un año entero para poder pagar los pasajes de ambos recién graduados. Se sentía feliz de poder hacerles ese regalo y mostrarles otra realidad.

Década de los 70, Sprinbok, Sudáfrica

Jenny había llegado a África con el alma destrozada. Desde la separación de sus amigos, de Ramiro y Jano, seguía sintiéndose abrumadoramente sola.

Primero llegó a Sudáfrica, donde estuvo una semana con Evelyn y su marido, dos antiguos colaboradores de sus tiempos en la ONG. Ellos trabajaban como administradores de un rancho ganadero.

Todo le parecía mágico, en especial, los colores del cielo al atardecer y la claridad con la que se veían las estrellas a media noche; los sonidos, los olores, pero, principalmente, quedó encantada con los animales y la sensación de que había vida en todas partes.

Llevaba tres días en ese lugar cuando conoció a Edwin, un biólogo alemán, dedicado a la investigación de las rutas migratorias de las distintas especies de herbívoros y el impacto que estas tenían en las poblaciones de depredadores. Evelyn lo había invitado a pasar el fin de semana con ellos, no quería ver a su amiga tan sola y, aunque no había mucho para elegir en aquel lugar remoto, Edwin le parecía bastante bien.

Cuando Jenny vio al hombre bajar del antiguo Land Rover Defender, se sintió como en una película. Era un tipo bastante alto, fornido, con un tatuaje hecho con tinta negra en el cuello que no se alcanzaba a distinguir y con una apariencia cuidadosamente descuidada. Traía una botella de vino en una mano y dos liebres, que había cazado en el camino, en la otra; todo lo cual resaltaba aún más su apariencia de salvaje. La saludó en inglés con un acento muy marcado y, luego, entró a la casa alejando con la botella de vino, a los perros de las liebres.

Durante la comida, al enterarse de que Jenny iba a Namibia, fue la primera vez que el biólogo le puso atención a aquella mujer que parecía totalmente ajena al paisaje africano. Sus manos estaban perfectamente cuidadas, su cara pálida y, lo que más desentonaba con el entorno, es que no paraba de hacer preguntas, en un lugar donde el silencio se apreciaba.

– Edwin también va a Namibia, en tres meses más – dijo Evelyn– ¿no es así? –preguntó mirando al alemán.

– Así es – dijo, mientras engullía un pedazo de carne – voy a Etosha. – Jenny sintió como su corazón se aceleraba al escuchar esa palabra.

– Debo ir por un año a estudiar y controlar el impacto que ha tenido la intervención del hombre en las fuentes de agua y cómo eso, a su vez, ha afectado las rutas migratorias de ciertas especies – agregó Edwin, mientras seguía masticando y escupiendo, sin querer, una pequeña cantidad de saliva con comida a la cara de Jenny, quien no pudo contener una mueca de asco.

– Lo que ocurrió en Etosha fue nefasto para la conservación – prosiguió Edwin, sin parecer importarle los protocolos de educación básicos para comer en casa de otras personas – Cuando comenzaron a hacer caminos para los turistas dentro del parque, pusieron fuentes de agua para que los animales se acercaran. Debido al estancamiento del agua y a la salinidad de los suelos de Etosha, se creó un ambiente propicio para que el ántrax se desarrollara a niveles alarmantes, lo que produjo que la población de herbívoros disminuyera en un setenta y cinco por ciento, impulsando que el número de depredadores aumentara explosivamente por la carroña que se iba haciendo disponible, lo que obligó al sacrificio de muchos animales para poder mantener un precario equilibrio– agregó. Al ver que el resto de los comensales lo miraban con interés y, mientras masticaba otro trozo de carne, prosiguió – Además, se cercó el parque para que los granjeros no siguieran matando leones, leopardos y hienas bajo la excusa de que estos depredaban a su ganado. Esa medida no fue muy efectiva en retener a los granjeros, pero si en interrumpir las rutas migratorias de los herbívoros durante la estación seca. Al quedar pocas fuentes de agua, los herbívoros que necesitan beber todos los días se concentraron ahí, haciendo que la calidad de los pastos disminuyera dramáticamente y que los depredadores no tuvieran que hacer mucho esfuerzo para atrapar a sus presas, por lo que, nuevamente, el número de estos aumentó considerablemente. Las autoridades tomaron medidas e implementaron un sistema de rotación de fuentes de agua, con lo que se lograba una migración artificial manteniendo sana la vegetación, que alcanzaba a recuperarse. Simultáneamente, había hecho que los depredadores tuvieran que esforzarse nuevamente para encontrar alimento. Eso es un resumen de la situación. Voy a estudiar esta migración artificial y sus efectos en el ecosistema. Allá me reuniré con un colega de Estados Unidos que estudia a los leones de Etosha – finalizó Edwin.

La historia era interesante, pero a esas alturas, ese hombre le parecía tan desagradable, que solo quería que se callara para encontrar la oportunidad de retirarse discretamente a dormir.

Una semana después Jenny tomó el avión con destino a Namibia.

Los primeros dos meses fueron bastante duros, aunque menos de lo que ella esperaba, dada su experiencia anterior en Sudamérica. Trabajaba para la oficina de conservación de una reconocida ONG que, lamentablemente, tenía muy pocos recursos destinados a Namibia. Al comenzar a interiorizarse de la situación quedó horrorizada. Le costaba creer que los protagonistas de las historias que escuchaba pertenecieran al género humano. Comenzó a sentir que los animales necesitaban tanta ayuda como las personas, lo que hizo que se motivara aún más con su nuevo desafío. Sintió que la conservación era una nueva misión de vida que se adhería a su trabajo anterior, ayudar a derrotar la pobreza.

Algunos granjeros rompían las vallas del parque y atraían, alevosamente, a los leones con cebos. Luego, llevaban a turistas cazadores para que les dispararan dentro de sus predios, cobrándoles jugosas sumas. Los granjeros podían matar leones, de manera legal, solo si estaban dentro de sus tierras, por lo que los atraían a sus terrenos en una ruta dirigida por obstáculos y cebos, donde eran presas fáciles de los "deportistas".

Cuando apareció Edwin en la puerta de la oficina, Jenny no se alegró demasiado, la verdad era que ese personaje le desagradaba bastante. Sin embargo, en cuanto vio aparecer a Kenneth detrás de él, se levantó y saludó al alemán como si fuese su mejor amigo.

Década de los 30, Kingston, Jamaica

Ava, la madre de Kenneth era jamaicana y George Silverman, su padre, era un joven médico de Estados Unidos que, aprovechando el reciente surgimiento del movimiento rastafari, estudiaba las posibilidades de utilizar cierta hierba – muy abundante en la isla e ilegal en su país – con fines medicinales. Se habían conocido en la calle cuando ella salía de su trabajo como mesera en un bar y él había comenzado a entregar los primeros auxilios a un turista que estaba vomitando, claramente, desorientado. Las personas se alejaban de aquel borracho; sin embargo, después de un tiempo en la isla, el joven doctor conocía la sutil diferencia entre una intoxicación alcohólica que le generaría, en el peor de los casos, un fuerte dolor de cabeza a la mañana siguiente y el envenenamiento por ingesta del fruto de ackee sin madurar, que podría causar la muerte de no ser tratado a tiempo.

El fruto, que había sido introducido desde Ghana mucho tiempo atrás y que se había transformado en la fruta nacional de Jamaica, era una delicia cuando los rayos del sol, de bastante intensidad en la isla, lo hacían madurar hasta tornarse de un color rojo brillante y abrirse para dejar expuestas sus semillas negras. Era solamente a partir de ese momento que el fruto se podía consumir con seguridad y los locales lo servían en variados platos que incluían frutas y recetas con pescado. Sin embargo, esta fruta, que existía en abundancia en los árboles y al alcance de cualquiera, era causa frecuente de la muerte de turistas ya que, sin madurar, es altamente tóxica.

Al ver cómo la gente se alejaba del hombre intoxicado dejando solo al guapo joven que claramente sabía lo que hacía, Ava se acercó para ayudarlo. Fue amor a primera vista para ambos. El turista se recuperó satisfactoriamente y, al cabo de dos días, George recibió en el lobby de la pensión donde alojaba, una botella de champagne que compartió esa misma noche con la joven jamaiquina con la que, sin imaginarlo en ese momento, compartiría el resto de su vida.

Los problemas que tuvieron con la familia de George se debieron, no tanto al color de Ava, ni a la investigación con marihuana sino, más bien, al hecho de que ella no era de la misma religión. Los problemas que tuvieron con la familia de Ava se debieron al color de piel de George y se acentuaron debido a su religión.

Pese a las dificultades sociales y familiares de ambos, se casaron legalmente en Jamaica. Ahí nació Andrea, su primera hija y, dos años después, nació Ronald, seguido a tan solo cinco minutos por Kenneth, su hermano mellizo.

Unos años después los cinco se fueron a vivir a Boston, donde a George le habían ofrecido un trabajo de investigación en la Universidad de Harvard.

Kenneth había terminado su doctorado en biología en Harvard tres años antes y, pese a que había dedicado sus estudios a detectar aplicaciones de moléculas provenientes de fuentes vegetales para la cura de enfermedades en mamíferos, su verdadera pasión eran los leones, los únicos felinos verdaderamente gregarios. Debido a sus credenciales académicas y al trabajo que estaba desarrollando, recibió una invitación para participar en el estudio que se iba a hacer de unos leones en Namibia y lo aceptó sin dudarlo, pese a que la paga no era tan buena como la que le ofrecían las empresas farmacéuticas.

Al ver a este hombre de piel canela, ojos verdes y con una sonrisa que parecía esconder todos los problemas del mundo, Jenny sintió que sus manos sudaban y que su corazón latía mucho más aprisa que lo habitual. Sintió, por primera vez en mucho tiempo, una alegría que la llenaba por completo. Algo presionaba su estómago y luego, lo soltaba de manera intermitente, produciendo una sensación de placer y malestar que la mareaba y la hacía sentir como una adolescente. Inspiró profundamente e intentó controlar su respiración antes de pararse de manera calculada.

Tras saludar a Edwin, se acercó sin interés aparente a Kenneth, quien no le prestó mucha atención, ya que estaba preocupado de que los niños que ayudaban a descargar el todoterreno no dañaran los delicados instrumentos que se encontraban cuidadosamente colocados en las maletas plateadas y que él observaba atentamente a través de la ventana que estaba a espaldas de Jenny.

Cuando por fin ordenaron todos los instrumentos en la pequeña bodega de la oficina, Kenneth le puso atención a la que sería la mujer de su vida.

Para él no fue amor a primera vista, pero la bondad y natural ternura de su compatriota dieron frutos al cabo de un mes, cuando él se percató de que buscaba pequeñas excusas para ir a la oficina todos los días, a verla. Y cuando Jenny salía a hacer trabajo de campo, la extrañaba. Incluso, sin saber la repulsión que su amigo alemán generaba en ella, llegó a sentir celos de Edwin cuando él la acompañó en una expedición de tres días.

La pasión que ella sentía por la vida era algo que lo sorprendió y atrajo, sin saber que, hasta un día antes de conocerlo, ella estaba sumida en una depresión que creía crónica.

Tras una relación de un año se casaron y, algunos meses después, Jenny veía desvanecerse una de sus más grandes preocupaciones. Tenía dos meses de embarazo. Al contárselo a su novel marido lo vio llorar por primera vez. Ken no aguantó la emoción y la alegría. Ella lo abrazó y se besaron. Atrás quedaron los días tristes. Nunca más estaría sola.

Camila iba a cumplir siete años y su madre sabía que era el último que pasarían en aquel lugar. Habían sido más de ocho años maravillosos en África. Habían viajado entre varios países siguiendo las migraciones. Su vida había cambiado totalmente y era como ella siempre la quiso. Sin embargo, no quería que su hija fuera a un internado lejos de ellos, no podría soportarlo.

Sabiendo que el tiempo en Namibia se acababa, no lo dudó ni un segundo y, después de revisar su estado bancario, escribió dos cartas.

Década de los 60, Santiago, Chile

Jano había crecido en una pobreza bastante más tolerable que la de su amigo Ramiro. Su hogar era sólido; aunque no siempre felices, sus padres se llevaban mejor que el resto de los matrimonios de las precarias poblaciones. Al menos, su padre no bebía y nunca le había levantado la mano a él ni a su madre.

Su situación era relativamente buena comparada con el resto de su pequeño mundo, el único que conocía. Por eso, cuando recibió la carta no lo podía creer. Viajaría, con su mejor amigo, a ver a una de las personas que más había influido en su vida, la tía Jenny.

Ramiro había crecido en un mundo rural hasta los cinco años, cuando su madre abandonó a su padre, con quien había tenido una frágil relación de varios años, pero al que, según le había comentado, no podía seguir esperando para volver a la ciudad. Su madre nunca pudo acostumbrarse a la vida simple y pausada del campo. A veces, la necesidad tiene más fuerza que el amor.

Llegó sola a la capital con su único hijo y, al final, optó por lo más fácil, acogerse a los beneficios sociales del Estado que, aunque no era mucho, le alcanzaba para mantenerse junto a su pequeño, sumado a la ayuda mensual de Fernando, su otrora pareja y a quien, pese a las promesas, no volvió a visitar más que una vez, cuando el pago se había atrasado.

Ramiro veía poco a su padre, en realidad casi nada. Ya no lo extrañaba. Apenas recordaba la vez que fueron a verlo al campo donde trabajaba, cuando la acalorada discusión entre ellos fue tan grande, que no volvieron más. Lo más nítido de sus recuerdos era que, en el bus que tomaron de vuelta a la ciudad, su madre le dijo muy alterada, que su padre prefería cuidar a familias ajenas antes que a su propio hijo. Rami, como le decía ella, tenía diez años en ese entonces, y, sin entender muy bien a lo que se refería su madre, le dio la razón e inconscientemente comenzó su alejamiento de Fernando.

Al otro día tenía una prueba en la escuela y tenía tanta rabia que no escribió mucho, ¿para qué?, si las buenas notas se las sacaba pensando que su padre se sentiría orgulloso de él y así lo querría ver más seguido. Dos días después y antes de la clase de educación física, les entregaron las calificaciones. Asombrosamente no fue el peor del curso y, más asombroso aún, su mejor amigo Jano había sacado la mejor nota por primera vez. Después de la escuela, corrieron a contárselo a la tía Jenny, la mujer con la piel más blanca que habían visto y una de las personas a las que más querían. Además, ella les estaba enseñando inglés, idioma que no dominaban en absoluto, pero que intentaban enseñar al resto de sus compañeros, lo que los hacía bastante populares.

No entendieron muy bien lo que ella dijo después del "me voy a África" porque su llanto los hizo llorar también de manera automática.

Habían pasado ocho años desde ese día y ahora ella los estaba invitando a Namibia. Ramiro no acababa de entender qué lo hacía más feliz, si salir de ese maldito lugar, donde solo se respiraba pobreza; si viajar por primera vez en avión; o si era el volver a ver a esa mujer que nunca había dejado de extrañar. Cualquiera fuese la razón, la alegría lo desbordó y por primera vez en años, soltó un par de lágrimas, las que trató de reprimir con un bostezo, para que no se convirtieran en llanto. Había aprendido, de la vida en la calle, a no mostrar debilidad.

Ambos jóvenes deseaban que sus vidas dieran un vuelco radical, pero no lo comentaban mucho temiendo que, si hablaban del asunto, todo fuera a desaparecer y los dejara estancados en el mismo lugar que los vio crecer y que estaban ansiosos por abandonar.

Llegaron a Namibia después de varios trasbordos. Jano pensaba en lo increíble que era la comida en los aviones; Ramiro, en cambio, se preguntaba si su padre habría recibido la carta que le había enviado días antes.

Jenny los esperaba ansiosa en el recientemente inaugurado aeropuerto J.G. Strijdom de Windhoek. La reconocieron de inmediato. A ella le costó un poco asociar a esos jóvenes de barba incipiente con los dos niños que recordaba jugando con los animales de plástico. Se alegró mucho cuando sus dos príncipes se abalanzaron sobre ella para abrazarla, sin haberse percatado siquiera de la pequeña que estaba tras sus faldas.

Obviamente los abrazos y besos dieron paso a las palabras. Cómo le hubiese gustado seguir practicando el español. Le costaba un poco entender lo que decían tan velozmente por la emoción, pero por sus caras sabía que estaban bien y felices, ya habría tiempo para retomar la práctica del idioma.

Cuando los jóvenes se percataron de que Camila formaba parte del grupo de recepción y asociaron los ojos azules a los de su madre, Jano la tomó en brazos y comenzó a hablarle, comprendiendo rápidamente que la niña no entendía una palabra de lo que él decía. Para sorpresa de Jenny, los dos muchachos comenzaron a hablarle a Camila en un inglés que, pese al esfuerzo de los jóvenes, era inentendible salvo por algunas palabras.

La niña sonreía con cada palabra que escuchaba. Era un acento muy cómico, pensaba, y no entendía absolutamente nada de lo que le decían, pero el ver la cara de felicidad de su madre la hacía darse cuenta de que eran personas queridas.

En Windhoek tomaron la carretera nacional B1 con destino a Otjiwarongo. Ahí se reunirían con Kenneth y, luego, tomarían la C8 para llegar a Okaukuejo. Pese al mal estado del camino y a ser una de las vías más peligrosas del mundo, la ruta no llamaba la atención de los jóvenes, ya que no difería mucho de las disparejas calles de tierra a las que ellos estaban acostumbrados.

Al ver a Kenneth los chicos se impresionaron. Iba vestido con jeans, unas botas de color marrón y una camisa caqui, parecía sacado de una película. No lo sabían aún, pero las películas las hacen basadas en gente como el biólogo; aunque trabajaba con jeans y camisa porque hacía una excelente combinación entre comodidad, resistencia y control térmico; las botas eran una costumbre que traía desde sus días de trabajo en el Amazonas y en Sudáfrica, donde las mordeduras de serpientes no son poco frecuentes.

Los dos jóvenes no podían dejar de sentirse felices por estar ahí y Jenny los hizo sentir, desde el primer día, como parte de su familia.

Después de seis horas de viaje llegaron tan excitados que no se percataron de las diferencias horarias, ni repararon en el largo de la travesía que habían realizado por el mundo. Aún había algo de luz y querían recorrer todo cuanto antes. Habían visto algunos animales ya y eso los mantendría en vilo por bastantes horas más.

Cuando salieron del todo terreno seguían sorprendiéndose. Pese a que Jenny vivía en una casa para trabajadores de clase media, a ellos les parecía gigante y el patio, con sus doscientos metros cuadrados, enorme; pero, lo que más les llamaba la atención era la variedad de aves y sonidos que percibieron ahí.

– Esto es el paraíso – dijo Ramiro.

Jano se mantuvo callado hasta que Jenny les mostró la que sería su habitación. Jano la abrazó, le dio un beso y le dio las gracias. Al ver la cara de su mujer, Kenneth pudo comprender cuánto significaban para ella esos dos chicos y les tomó cariño de inmediato. Agarró de la mano a Camila y se fue a preparar la pequeña expedición que tenía planeada para el día siguiente con los muchachos, ahora lo haría con mucho más entusiasmo. Por haber crecido en Jamaica, entendía muy bien lo que era la pobreza, pese a que no la había experimentado directamente, sus primos y la familia por el lado materno sí.

Cuando se levantaron al día siguiente –porque habían despertado mucho antes, pero por temor a despertar al resto de la casa se mantuvieron en silencio hasta que sintieron los suaves pasos de Camila en el pasillo– se encontraron con un amanecer espléndido.

Primero, acompañaron a dejar a Jenny a la atalaya histórica de Okaukuejo, donde estaban las oficinas centrales del parque Etosha. Las fotos que vieron ahí los dejó perplejos, pero no era ni una fracción de lo que verían esa semana.

Etosha le debe su nombre al gran cuerpo lacustre que se extiende en las épocas de lluvia y que llega a abarcar cinco mil kilómetros cuadrados. Pese a eso, el paisaje es bastante árido. Se trata de un rincón de África remoto y amenazador, un vasto desierto salino, llano, abrasador que, cuando el sol está sobre el horizonte, reverberan los cristales de sal engañando a la vista y a la mente, produciendo espejismos sobre la tierra seca que casi todo el año cubre al parque. El lago, según la leyenda, se creó con las lágrimas derramadas por una joven local que lloró por largo tiempo la muerte de su familia en manos de extranjeros. El fuerte Namutoni, construido en el año mil novecientos cinco como fuerte colonial alemán, podría ser una bella pero letal muestra de lo que los extranjeros con sed de dominación llevaron a esas agridulces tierras, donde la muerte rondaba cada día buscando a los débiles o enfermos de cada especie, para eliminarlos sin piedad, la mayoría de las veces dentro del ciclo de alimentación, pero con la llegada del hombre blanco y las armas modernas, también por diversión o, como le llamaban los cazadores, deporte.

Jano y Ramiro llevaban una semana en Namibia y estaban felices. Nunca habían sentido de esa manera el poder de la naturaleza, quizás Ramiro, pero poco recordaba ya, hasta que la magia de las noches africanas y el abrumante dominio de la naturaleza, sobre todo en ese inhóspito escenario, despertara en ambos sensaciones instintivas que los hacía querer alejarse, cada vez más, de lo que conocían hasta ese momento. La primera vez que vieron, desde el techo del todo terreno de Kenneth, un grupo de cuatro leonas cazando a una cebra, quedaron tan impactados que Jano no pudo comer carne en dos días. Ramiro, por su parte, quedó hipnotizado por esa muestra de poder y dominación. Sin embargo, cuando empezaron a entender el delicado equilibrio que mantenía la naturaleza, se convirtieron en artistas de la observación natural.

Eran las siete de la mañana y estaba amaneciendo. Corría una suave brisa sobre los dorados pastos altos. Kenneth les hizo notar que el viento rotaría en unos momentos debido a que el suelo comenzaba a calentarse con el sol y eso haría subir la temperatura del aire. Si el ataque sobre la manada de cebras que estaban observando, no se producía pronto, tendrían que cambiar de posición ya que el viento haría que su olor fuese rápidamente detectado por el excelente olfato de los animales.

Los leones siempre atacaban con el viento de frente por esta misma razón. Kenneth les contó que había un antiguo dicho en bantú que se traduce como "Solo los novatos cazan sin saber hacia dónde sopla el viento".

Dos minutos después, a unos quinientos metros de donde estaban, pudieron ver, desde el techo del todo terreno, cómo aparecían dos leonas. Un minuto más tarde, eran encontradas por dos leonas más.

Se quedaron inmóviles recostadas sobre sus estómagos, en una tensa posición, observando a la manada por unos instantes y, luego, se separaron formando una especie de red, cada una separada por cerca de seis metros.

Al llegar a quince metros de la manada, las leonas, ocultas por el pasto alto, se detuvieron en seco y se agazaparon, aún sin ser detectadas por sus presas. Estuvieron así durante dos minutos, observando, cuando de improviso, la leona que estaba más alejada comenzó una veloz carrera que hizo que, instantáneamente, todos los animales de las cercanías arrancaran en diferentes direcciones, generando un estruendo que podía oírse a kilómetros de distancia. La leona guio a los aterrorizados animales hacia donde estaban sus compañeras, las que apretaron el cerco al unísono cayendo sobre un macho adulto que intentó en vano esquivar a las tres leonas que le cerraban el paso. La agilidad de los felinos, así como la coordinación de su trabajo, les pareció increíble. La que corría justo detrás, saltó sobre el animal que habían separado de la manada y lo tumbó. Una segunda leona hincó sus colmillos en el cuello del aterrorizado animal, mientras las otras dos leonas mordían su cuerpo tratando de penetrar la piel rayada. Al cabo de sesenta segundos la víctima había dejado de respirar y la aparente calma había vuelto a la llanura. Un minuto más tarde, apareció entre el pastizal un enorme león del que no se habían percatado antes los dos amigos y comenzó a comer sin siquiera mirar a las cazadoras, las que se tuvieron que conformar con posiciones secundarias en el banquete.

Kenneth les explicó a sus atónitos nuevos amigos que la cacería había sido algo realmente inusual ya que pocas veces una sola leona derriba a una cebra adulta; normalmente, la intentaban asfixiar primero, estando el animal aún de pie y las otras leonas lo derribaban. Pero, su reducido público no le prestaba mucha atención. Miraban demasiado concentrados cada mordisco que daban los leones y estaban cada vez más desilusionados de su otrora animal favorito, ya que les parecía sumamente injusto que el macho comiera antes que las esforzadas leonas que habían hecho todo el trabajo.

El biólogo tuvo que explicarles, en defensa del animal, que su tamaño además de la gran y frondosa melena que protegía el cuello del rey de la jungla de los ataques de otros machos y sus enormes colmillos, hacía difícil para este acercarse desapercibido a las presas, como lo hacían las hembras con aparente facilidad. Además, les explicó que la función del macho era proteger a su grupo familiar lo que podía costarle la vida frente a otros leones que, en caso de vencerlo, además, matarían a sus cachorros para que las hembras volvieran a entrar en celo y siguieran la nueva línea genética de la manada. Los dos jóvenes tragaron algo de saliva, se miraron y, sin poder procesar completamente lo que estaban viviendo, volvieron a sentir admiración por el majestuoso león.

Habían estado treintaitrés días en África y debían volver a su país, el pasaje no podía cambiarse. El desconsuelo era tan grande en las caras de Ramiro y Jano como la pena que tenían Kenneth, Jenny y, en especial, Camila con la partida de los jóvenes que, a esas alturas, sentían como parte de su familia.

En el largo vuelo de regreso, ambos amigos rememoraron las experiencias del viaje con una nostalgia en la voz que habría hecho pensar, a cualquiera que los escuchara, que las vivieron años atrás. Una de las cosas que más los había marcado, fue ver cómo los cazadores daban muerte a solo diez metros a un búfalo africano. Era un animal enorme y, pese a que los habían visto antes en varios de los paseos que hicieron con Ken, este les pareció más grande. Nunca habían estado tan cerca y la imagen de los cazadores frente a tan peligroso animal generó ansiedad y un sentimiento de compasión profunda en Jano; mientras que a Ramiro le había parecido sumamente excitante e imaginó varias veces durante ese verano, que era él quien apretaba el gatillo. Incluso, hacía ese ejercicio mental cuando se cruzaban con algún león, rinoceronte y varios otros animales dentro del parque.

El viaje había tenido un impacto distinto en cada uno de ellos y comenzaría a marcar las sendas diferentes que cada cual tomaría en sus vidas. Jano, reclinando el respaldo de su asiento, recordó la noche en que llegaron tres hombres hablando español, pensando tal vez que nadie los entendería. Habían llegado al campamento donde convivían científicos, cazadores deportivos y fotógrafos. Según les explicó Jenny, antes de que partieran con Ken y con un evidente desprecio por los cazadores, ese era el único lugar del mundo donde esas tres especies humanas convivían en armonía. Una vez abandonado el campamento cada mañana, los fotógrafos y los científicos volvían a detestar a los cazadores, aunque hubiesen comido y bebido juntos la noche anterior.

Dos de los tres hombres que hablaban español tenían unos veinticinco años y el mayor cerca de cuarenta. Este último era el que más llamaba la atención por sus insípidos bigotes y una boina que utilizaba siempre, incluso en el comedor del campamento, donde ni siquiera los cazadores ingresaban con sus sombreros.

Eran los únicos blancos dentro de un grupo de doce personas. Ken advirtió a los muchachos que no se les acercaran por ningún motivo ya que era gente muy peligrosa. El grupo venía a hacer una pausa en sus tareas como rebeldes en el Congo y eran perseguidos por la justicia de ese país. El que parecía ser el líder del grupo era el más ruidoso y, mientras le ordenaba a gritos a uno de los camareros que le trajera otra botella de vino, se golpeaba el pecho con la mano derecha empuñada diciendo en francés "nadie le niega el vino a Laurent–Désiré Kabila ni a sus amigos", a lo que el resto del grupo respondía "nadie le niega el vino" y seguían conversando en voz excesivamente alta, sin importarles lo que el resto de los cincuenta y ocho habitantes temporales del campamento pensaran. Los empleados evidenciaban cierto temor ante el joven líder del grupo, que siempre iba armado, y corrían a cumplir sus órdenes incluso ignorando al resto de los huéspedes.

A la mañana siguiente, Ramiro y Jano se adelantaron a Ken y fueron los primeros en llegar al comedor incentivados, una vez más, por la cantidad y variedad de comida que podían desayunar. Madrugaban antes que nadie. Namibia les parecía el paraíso.

El comedor del campamento, una improvisada plataforma de madera sobre la que había unas veinticinco mesas cuadradas que los grupos juntaban o separaban hasta calzar con el número de comensales, estaba cubierto por tres telas blancas que se notaba eran nuevas, y cuatro del mismo tamaño, pero bastante más sucias y con algunos pequeños agujeros, que servían de protección del sol abrasador. Cuando llovía las personas desayunaban en sus carpas o habitaciones.

Un minuto después de que Ramiro y Jano habían entrado al comedor, los tres hombres blancos que hablaban en español se sentaron en la mesa de al lado y saludaron con un gesto. Dos de ellos eran algunos años mayores que Ramiro, el que, presa de su personalidad impulsiva, no pudo contenerse y los saludó con un "hola", lo que causó sorpresa en sus vecinos de mesa, pero luego de unos segundos y después de tragar una fruta que estaba comiendo, el mayor le respondió – un gusto, me llamo Ernesto Guevara y me dicen "Che" porque soy de Argentina, ellos son Tuma y Pombo de Cuba –, enseguida, les contó que viajó por Chile en motocicleta cuando tenía la edad de Ramiro y que le había gustado mucho, salvo por la pobreza y los abusos que había visto. Les dijo, mirando antes de manera rápida y cómplice a cada uno de sus compañeros y poniendo el dedo índice de la mano derecha frente a sus labios – este es un viaje secreto, asique no le cuenten a nadie que nos vieron – lo que generó la risa inmediata de los cubanos. Ernesto, a quien meses después reconocerían con algo de lástima en televisión tras haber sido abatido en Bolivia, le había preguntado a Ramiro qué hacían unos jóvenes chilenos en esa parte del mundo. Sin esperar una respuesta, agregó otra pregunta: ¿Saben cuál es la diferencia entre un cazador y un navegante? Y, luego de una ensayada pausa, les dijo:

– El cazador, para ser exitoso, necesita sentir el viento de frente; mientras que el navegante necesita sentir el viento en la espalda – a lo que Tuma agregó enseguida con su marcado acento cubano y mirando muy seriamente a los chilenos:

– El viento corre igual para todos y, en esta vida, hay que decidir si se es navegante, cazador o espectador.

No alcanzaron a responder ya que al entrar Kenneth al comedor se hizo un silencio que dejó en evidencia que no deberían estar hablando entre ellos.

Ambos se prometieron que volverían a visitar a Jenny y su nueva familia en cuanto les fuera posible. No sería fácil reunir el dinero, pero lo intentarían. Estudiar en la universidad era algo imposible para ambos, no tenían cómo costearla y, al menos para Ramiro, nunca estuvo dentro de sus planes. En el aeropuerto los esperaban los padres de Jano. Pese a lo espectacular del viaje y al impacto que había tenido en ambos, la tristeza por volver a esa realidad y la sensación de que la pobreza los reclamaba de vuelta, los envolvió a ambos mientras el ruidoso automóvil los llevaba lentamente al pequeño mundo donde se habían desarrollado sus vidas. El día estaba nublado, hacía bastante frío y el aire viciado dentro del antiguo Citroën hacía el retorno aún más deprimente.

Década de los 60, Namibia

En Namibia y los países vecinos vivían varias tribus y grupos étnicos cuya convivencia se llevaba de manera tranquila debido, principalmente, a la opresión y colonización de las potencias europeas. El dominio por parte de los alemanes y, tras el tratado de Versalles, de diferentes mandatados por la ONU, funcionaría como la tapa de una olla a presión en Namibia que, una vez retirada, creó enemigos comunes e hizo que las diferencias raciales y religiosas desaparecieran para unir a diferentes grupos con raíces comunes que, con anterioridad a la colonización, estaban bastante fragmentados y peleaban constantemente entre sí.

Unos meses antes se había intentado dar un golpe de Estado fallido, acabando con la vida de varios de sus organizadores y dando paso a una serie de masacres que horrorizarían al mundo. De todas, la que mayor impacto tuvo en Jenny fue la persecución de la que fueron víctima los igbos: una exterminación sistemática por parte del ejército, durante tres meses, de hombres, mujeres, jóvenes y niños.

Por esa época la región de Biafra, habitada mayoritariamente por los igbos, decidió declarar su independencia con el apoyo de Francia, lo que desencadenaría una guerra civil contra el gobierno central que contaba con el respaldo de Inglaterra y la Unión Soviética.

Ken y Jenny tuvieron una acalorada conversación esa noche mientras su hija de ocho años dormía. Dejarían su hogar y trabajos en Namibia para viajar a alguno de los tres países que les eran familiares. La situación no daba para más, ya no era el país donde querían criar a su hija o formar una familia. Decidieron ir a Chile, donde todo parecía indicar que saldría electo presidente el socialista Salvador Allende. Unos amigos con los que Jenny había mantenido contacto desde su paso por Chile, le habían ofrecido unas tierras espectaculares a un precio que parecía muy barato. Sus amigos abandonaban el país con destino a Canadá, donde esperaban un futuro mejor, lejos del socialismo que amenazaba con llegar y recordaban que su amiga siempre alabó el lugar al que la habían invitado dos fines de semana.

En un comienzo, durante la intensa discusión que tuvieron, lo único en lo que parecían concordar era en que había que abandonar Namibia y en que Jamaica sería la última alternativa que evaluarían ya que, a pesar de la familia que Kenneth tenía allá, Jenny estaba cansada de trabajar en medio de tanta pobreza. Ken, al no haber estado nunca en Sudamérica con excepción de la selva amazónica durante su doctorado, criticaba la credulidad de su mujer y se oponía a comprar tierras que solo había visto un par de veces casi una década atrás. Él prefería volver a Estados Unidos, donde estaban sus familias, hablaban el idioma a la perfección y tenían, además, la posibilidad de trabajar inmediatamente ya que no les faltaban los contactos.

Nunca habían discutido de esa manera y se fueron a dormir agotados y sin haber llegado a ningún acuerdo. Jenny estaba profundamente ofendida por la forma en que su marido había abordado la conversación. A Ken le costó dormirse, pues se sentía mal por la manera condescendiente y casi peyorativa con la que había tratado los argumentos de su esposa. Intentó disculparse, pero ella ya estaba dormida o, al menos, lo fingía bastante bien. A la mañana siguiente, buscando una solución que le pareció justa, le ofreció viajar a Chile por una semana para ver las tierras, visitar a Jano y a Ramiro y, también, a un colega que había estudiado con él en Harvard y que ahora trabajaba para la universidad más prestigiosa del país sudamericano.

Finales de los 60, Talca, Chile

Kenneth se sorprendió gratamente con los paisajes que aparecían durante el camino a conocer los terrenos que visitarían. El viaje se le hizo bastante más corto de lo que esperaba, sin embargo, cuando llegaron tuvieron que esperar casi una hora para encontrarse con los amigos de Jenny. Ken había insistido en no compartir el viaje para no estar obligados a una incómoda vuelta en el caso de que, como tenía planeado desde que se ofreció a viajar, desistieran de la compra. Sabía que sería difícil entender a una pareja que viajaba con su hija desde África para comprar una propiedad a un precio tan bajo y que finalmente no sigue adelante con el negocio. Para Ken, era un viaje casi burocrático que ayudaría a preservar la armonía de su matrimonio, a pesar de que no estaba en problemas, pero sabía que rechazar de plano la oferta sin visitar siquiera el lugar, lo habría perseguido y se hubiese hecho presente en cada ocasión que las cosas no salieran como Jenny esperaba en Estados Unidos.

Los reconoció de inmediato, por unas fotos que había visto, cuando aparecieron en la cafetería donde habían acordado reunirse y que quedaba en el pequeño pueblo donde la gente de los alrededores se abastecía, a tan solo diez minutos del lugar que visitarían.

Al llegar, todo estaba como Jenny lo recordaba: una cerca blanca que le llegaba a la altura del hombro, tras la cual había un pequeño jardín que se interrumpía por un camino en el que entraban los automóviles y, luego. una hermosa casa de dos pisos que no era grande, pero era más que suficiente para una familia e incluso algún invitado. Tras la casa había varias hectáreas con pasto y grandes árboles. El lugar era precioso y, contra todo lo que había esperado, Kenneth se convenció de inmediato de que su esposa tenía razón, de que era un buen negocio y no podían dejar pasar la oportunidad. Al ver correr a Camila por el campo abierto detrás de la casa, aceptó que habían encontrado su nuevo hogar. Sin siquiera mirar a Jenny y en inglés, ya que no hablaba nada de español, estiró su mano hacia el vendedor y le dijo

– It's a deal.

Cuando llegaron de vuelta a la ciudad, aún sintiendo que sus cabezas giraban por las emociones, Jenny y Kenneth llamaron a sus respectivas familias a Estados Unidos para darles la noticia.

El padre de Ken sintió una gran tristeza ya que extrañaba mucho a su hijo, a su nuera y especialmente a Camila, pero no dijo nada ya que sintió la excitación en la voz de Ken. Le hizo prometer, sin embargo, que ante la primera oportunidad se reunirían, pase lo que pase. A lo que Kenneth accedió de inmediato.

Década de los 70, Kingston, Jamaica

A mediados de la década de los setenta, atendiendo a una invitación de su joven amigo y sobrino político Robert – al que todos llamaban cariñosamente Bob – y, de otros parientes de Ava, George junto a su esposa volvieron a Jamaica liberados, hacía bastante tiempo ya, de la crianza de sus hijos. Dos de ellos vivían relativamente cerca de la pareja en Estados Unidos, mientras Kenneth había viajado a Sudamérica, con su esposa e hija, después de haber vivido varios años en Namibia. La ocasión les pareció ideal para organizar un viaje familiar e invitarlos al lugar donde habían nacido y que no habían visitado desde la infancia.

Pese al interés que tenían sus hijos por la peculiar invitación, solo Kenneth tenía el tiempo para asistir ya que estaba en medio de su año sabático disfrutando, junto a su esposa e hija, los placeres de no hacer nada en una pequeña granja que habían comprado cerca de Talca, en el sur de Chile. Para Andrea y Ronald, era imposible dejar sus trabajos y organizar todo con tan poco tiempo.

Durante esa época, en Jamaica se vivía una gran polarización política entre el Partido Nacional del Pueblo de Michael Manley y el Partido Laborista de Jamaica de Edward Seaga, la que se hacía sentir, sobre todo en Kingston, con un aumento sostenido de la violencia que hacía cada día más peligrosa la vida en la isla.

Para el 5 de diciembre de 1976, en un intento por unir al pueblo de Jamaica, se había planificado un concierto masivo bajo el nombre de *Smile Jamaica*. Uno de los primos de Ava era parte de la organización, así como varios amigos de la pareja. Incluso uno de los sobrinos de ella, Robert Marley, quien años después de haber sido alumno de George en la escuela, se había transformado en un reconocido músico y gran compañero de juerga de su antiguo profesor, tocaría en el escenario principal. Todos ellos le habían pedido a la pareja que ayudara a los organizadores con sus contactos en Estados Unidos y así surgió la invitación familiar.

Kenneth viajó a ver a sus padres cinco días antes del concierto. A último minuto, decidió hacerlo solo debido a la violencia que se estaba registrando esos días; aceptó perder los pasajes de Jenny y su hija antes que exponerlas nuevamente a un peligro similar al que habían vivido en Namibia años atrás.

George y Ava fueron a buscar a su hijo al aeropuerto, con una alegría que era amargada un poco por no poder ver a su nieta.

Pasaron unos días encantadores reuniéndose con antiguos amigos y familia, totalmente aislados del clima político de esos días.

Dos días antes del concierto y solo treinta minutos después de que se fuera con Ava de la casa de Robert, siete desconocidos armados entraron a la casa donde vivían los Marley y atentaron contra sus vidas, hiriendo de gravedad a la esposa y levemente a Robert, el sobrino de Ava. Cuando George se enteró de esto horas después fue al hospital y encontró a su amigo con los ojos fijos en el suelo y le imploró que cancelara su aparición en el concierto, que viajaran a Estados Unidos con Ava. El músico lo miró y, mientras estiraba la mano para entregarle un cigarrillo de marihuana a su tío político, le dijo la frase que repetiría luego públicamente de manera más educada: "Si los podridos hijos de puta que hacen el mal en este mundo, no se toman un descanso, tampoco podemos hacerlo nosotros".

Esa noche y de manera totalmente inesperada, George y Ava se enterarían de la muerte de su hijo Kenneth, quien, sin avisarle a nadie, se había quedado en la casa de su primo en 56 Hope Road fumando un cigarrillo de marihuana en el patio trasero. Había recibido un disparo directo en el pecho. El jefe de policía, intentando evitar el escándalo que generaría la muerte de una persona blanca durante el atentado, hizo que dos policías llevaran el cuerpo a un sitio eriazo lejos de ahí y lo notificaran como un asalto que había salido mal en uno de los barrios marginales de las afueras de la ciudad.

La noticia destrozó a los Silverman, quienes se volvieron de inmediato, una vez coordinada con la embajada de Estados Unidos la repatriación del cuerpo de su hijo. Esperarían a su nuera y nieta quienes viajaban al día siguiente desde Sudamérica para el funeral.

No volvieron a visitar Jamaica y, salvo por lo que aparecía en la prensa mientras Robert Marley vivía en Londres, George tampoco sabría mucho más de él hasta el día que anunciaron su deceso producto del cáncer cinco años después. Fue la única vez que pensó volver y asistir al funeral, pero luego de unos segundos, recordó a su hijo Kenneth y, pese a la pena que le provocó la noticia, desistió de la idea.

Jenny volvió a Chile con su hija y se quedaron en el pequeño departamento que habían comprado junto a Ken para vivir durante la semana en la calle Arturo Medina, en el sector oriente de Santiago en la comuna de Providencia. La casa en el campo le hacía recordar más profundamente a su marido y no creía poder soportar mayor dolor que el que sentía en esos momentos.

Pese a que había vivido una guerra civil en Namibia y un golpe de estado tres años antes en Chile, no sentía tener la fuerza para poder criar sola a una adolescente en ese clima de tensión y sin su marido. Pensó en volver a Estados Unidos, pero carecía de la energía para comenzar nuevamente.

Durante esos años estaban comenzando a retornar chilenos que habían abandonado el país durante el anterior gobierno socialista, muchos de ellos se habían establecido en Estados Unidos y Canadá. Jenny, que no había trabajado desde que habían llegado al país, comenzó a ofrecer clases de inglés para que los hijos de los que volvían no perdieran el idioma. Lo anterior la amarraba aún más a la ciudad y le daba la excusa perfecta para vender la casa que tantos recuerdos le había entregado, pero que, a la vez, le generaba una pena insoportable.

Década de los 70, Santiago, Chile

Camila acababa de graduarse del exclusivo colegio inglés donde había estudiado desde que llegaron a Chile, cuando su madre, que aún no superaba la profunda tristeza en la que había caído desde la muerte de Kenneth, le dijo que se volverían a Estados Unidos. No soportaba más la situación política que reinaba en Chile, ni ver militares en las calles.

Unos meses antes habían atentado en Washington contra el diplomático chileno Orlando Letelier; esto había provocado una tensión con Estados Unidos que la hizo temer por represalias contra los ciudadanos de ese país. Era un secreto a voces que había gente que desaparecía durante esos años y se sabía también de las prácticas de tortura contra opositores al gobierno. Temía ser perseguida por su nacionalidad y por su relación con algunas ONG con las que seguía en contacto. Camila le dijo que ella quería quedarse con sus amigos y estudiar Derecho en alguna universidad del país.

Pese a que, inicialmente, mostró incredulidad y resistió la idea de su hija, se dio cuenta de que le daba cierto alivio. Comenzar de nuevo su vida en Estados Unidos la asustaba, sobre todo por tener que arrastrar a su hija a esa mayor incertidumbre.

Acordaron que Camila compartiría el departamento con Ana, su mejor amiga del colegio. La familia de Ana estaba esperando a que se graduara para mudarse al norte del país, donde trabajaba el padre, quien viajaba intermitentemente entre Santiago y la ciudad de Antofagasta, ¡una rutina agotadora!

Jenny encontraba totalmente normal que su hija de dieciocho años viviera con una amiga. Algo que, para una familia chilena era bastante inusual en esos tiempos. Sin embargo, la mudanza a la ciudad de Antofagasta le daría un ascenso al padre y por fin podría eliminar de su vida los largos viajes semanales al norte. La confianza que tenían en las dos jóvenes hizo que los padres de Ana aceptaran la idea.

Jenny comenzó a hacer los preparativos para su mudanza.

La partida en el aeropuerto fue triste y le dejó una lección que debería haber aprendido desde un comienzo en ese país. La habían ido a despedir Ana junto a su familia, Camila, Jano y Ramiro. Le llamó la atención la actitud de los padres de Ana cuando entendieron que los dos muchachos humildes se sentarían con ellos en la misma mesa. Fue otra majadera oportunidad en las que se hicieron evidentes las diferencias sociales dentro de su círculo. Pese a que estaba totalmente consciente de que había un clasismo acentuado en las comunidades más acomodadas del país – las que estaban dominadas socialmente por un grupo pequeño de familias extranjeras que habían llegado a principios de siglo o incluso antes – para su sorpresa se dio cuenta de que, hasta ese día, no le había tocado compartir, simultáneamente, con dos clases sociales tan diferentes en una misma mesa. Como asistente social había estado inmersa en el seno de la pobreza, pero como extranjera del primer mundo, pertenecía a un círculo social de élite. Su español estaba lejos de ser perfecto, pero era aceptable y, pese a que lo entendía muy bien, recién el día de su partida y en esa mesa, comprendió que lo que hablaban sus otrora príncipes y los padres de Ana parecían idiomas diferentes. La diferencia de clases se manifestaba en el vestuario, el lenguaje, los temas y las constantes referencias, por parte del padre de Ana, a nombres de personas de alta alcurnia, queriendo hacer notar el circulo social en el que se movía e incomodando visiblemente a Ramiro y a Jano, quienes casi no hablaron durante el tiempo que estuvieron sentados.

Década de los 90, Santiago, Chile

Había pasado más de una década y acababa de asumir Patricio Aylwin como presidente de Chile, quien había invitado a Jenny a participar de un comité asesor para la organización de una cumbre para la superación de la pobreza.

Jenny había conocido a Pato – como le solía decir –, en la Escuela de Derecho de la Universidad de Chile, cuando él era profesor y ella fue invitada para dar un curso optativo relacionado con derecho social y, también, era la organizadora de varios trabajos voluntarios que hacían los alumnos de la universidad en poblaciones pobres. Las clases de Jenny se llenaban, pues no era normal tener una profesora de Estados Unidos, tan joven y con ese currículo. Él reconoció de inmediato a la mujer que vivía en su misma calle.

Le gustaba conversar con Pato porque hablaba buen inglés y la ponía al día de todo lo que estaba pasando políticamente en esos tiempos. Además de vivir muy cerca, le parecía un caballero y, tenía un genuino interés por el trabajo que ella realizaba. Recordaba una ocasión en la que había sido invitada a una cena en su casa. Se quedó horas conversando con él y su esposa Leonor acerca de la mejor manera de lograr igualdad social y la superación de la pobreza. Era por lejos la más joven de los invitados, pero fue la última en irse ya que Patricio le sugirió que no se fuera sin conocer a su amigo al que llamaban El Conde, quien llegaría casi terminada la velada. Jenny lo encontró encantador y muy inteligente.

Pese a que había estado sintiendo dolor en su pecho y estómago, ya había aceptado la invitación del presidente del país y, lo que era mucho más importante, pasaría unos días con su hija después de tanto tiempo. Camila no era la misma desde la muerte de Ana diez años antes, se había transformado en alguien mucho más serio y su vida parecía estar dedicada al trabajo, en una organización que prestaba servicios pro–bono a gente que no podía costearse un abogado.

Algo había cambiado en la cara de su hija. Extrañaba la mirada vivaz y espontánea y, pese a que seguía teniendo una sonrisa capaz de iluminar la noche más oscura, la compartía poco. Hablaba bastante menos y había adquirido el manejo de una profunda mirada que parecía investigar los ojos de las personas intentando ver su alma.

Durante el vuelo sintió mareos y, cuando aterrizó, estos empeoraron. Cruzó la puerta del aeropuerto de Santiago y buscó entre la gente a Camila. No le costó mucho encontrarla por su característica melena rubia e intentó caminar hacia ella. Las personas que esperaban tras la baranda a sus parientes y amigos se asustaron cuando Jenny se desplomó sobre su maleta y cayó estrepitosamente al suelo. Camila corrió hacia ella asustadísima y se tranquilizó solamente cuando su madre, atendida por la policía y un médico que se encontraba en el lugar, recuperó la conciencia tres largos minutos después. Se fueron directo a una clínica privada y Jenny quedó internada. Luego de varios exámenes que no evidenciaban la causa de sus malestares, Camila le imploró que volviera a Estados Unidos donde podrían darle un mejor diagnóstico. Estaba aterrada de perder a su madre. Jenny pidió a Camila que llamara a un viejo amigo suyo de infancia. Un destacado médico en la ciudad de Nueva Jersey en Estados Unidos. Camila se sorprendió por el tono sobrio en la voz del amigo de su madre.

– ¿Dr. Holmes? – preguntó en perfecto inglés. Luego le explicó quién era y los síntomas de su madre, los dolores y el desmayo. Para el especialista, quien dirigía la unidad de diagnóstico en un prestigioso hospital, parecía elemental que se trataba de una coincidencia de diferentes cosas y no una única dolencia. Le solicitó a Camila que pidiera tres exámenes, que le mandara saludos a Jenny y luego, sin dar tiempo a que le agradecieran, cortó abruptamente.

Los exámenes arrojaron que los dolores se debían a un agudo caso de reflujo gástrico y el desmayo se había producido probablemente por una intoxicación alimenticia que le había provocado deshidratación. Ninguna de las dos dolencias era grave, pero combinadas podían aparentar la aparición de un tumor. Camila estaba feliz y muy agradecida con el amigo de su madre. Ambas decidieron que había que celebrar el retorno de Jenny a Chile. En realidad, querían celebrar la vida.

Camila, junto a amigas de su madre, le organizaron una gran fiesta a la que asistieron incluso el presidente y Gabriel Valdés, presidente del Senado de la República y a quien le decían el Conde, debido a su apariencia y modales refinados. Ambos llevaron de invitado a un reconocido político que había enviudado varios años antes. Era el antiguo novio de Jenny. Ya lo había perdonado hace años y, con vergüenza, se admitió a sí misma que lo había recordado de vez en cuando, pese a la dolorosa infidelidad que le había roto el corazón – y la había hecho botar una linda chaqueta –. Su corazón se aceleró cuando se abrazaron.

Camila se emocionó al ver la cantidad de gente que fue a agasajar a su madre. Personas de todas las clases sociales y que, durante la fiesta, le contaban cómo Jenny había impactado en mejorar sus vidas o las de sus familias.

Se alegró también de ver nuevamente a Jano y a Ramiro, sin embargo, la apariencia de este último le llamó la atención, así como la manera que tenía de hablar y moverse. Parecía ser otra persona. Pese a que iba vestido elegantemente, la ropa y la gruesa cadena de oro que caía pesadamente desde su cuello, no parecían cuadrar con el hombre que las vestía. Sus palabras eran rebuscadamente formales y se notaba el esfuerzo que hacía para expresarse en un idioma que le era nativo, pero utilizando un dialecto que no parecía dominar. No analizó demasiado la situación ya que, entre la conmoción que había generado la visita del presidente y la cantidad de gente que intentaba expresarle el cariño que le tenían a su madre, estaba agotada y no le quedaban energías para pensar en otras cosas. Dos años después, Jenny se mudó a Madrid con su novio, quien había sido nombrado en un importante cargo diplomático representando a Chile en España.

Década de los 90, Santiago, Chile

Fue un instante que pareció hacerse eterno cuando Fernando sintió un ardor en el estómago. Estaba supervisando a cinco trabajadores que armaban con maderos, un nuevo corral para vacas y no le prestó mayor importancia porque estaba seguro de que se debía a algo que había comido. Después de un tiempo, el dolor se hizo recurrente y la última vez que lo sintió antes de ir al consultorio, vino acompañado de vómitos.

El doctor Gutiérrez era un médico general que llevaba ocho meses en el consultorio rural y solo quería que pasaran dos meses más para retornar a la ciudad y al hospital donde un año antes había terminado su carrera.

Estaba acostumbrado – y bastante aburrido – de recibir a las ancianas que, regularmente, lo iban a visitar porque no tenían nada mejor que hacer más que transformar la sala de espera en el lugar más entretenido del pueblo, donde podían actualizarse o inventar chismes, además de, secundariamente, hacerse revisar cada cosa que sentían en sus achacados cuerpos. El joven doctor les recetaba un par de vitaminas con nombres complicados a modo de placebos y las enviaba devuelta a sus casas.

Cuando llegó a verlo Fernando, le hizo pasar a su oficina y le pidió que se sentara en la camilla donde atendía a los pacientes. No tenía otra silla fuera de la suya; la idea era evitar a toda costa que los pacientes se quedaran conversando con él. Había llegado a odiar la vida de campo, al pueblo y a la gente simple. Cuando postuló a la práctica rural tenía una idea mucho más romántica de todo el asunto.

El rostro de Fernando ocultaba bastante bien la preocupación que tenía. Le dijo lo que sentía y hace cuánto, dónde lo sentía y, también, le contó de los vómitos. Para el médico no cabía duda de que se trataba de una infección intestinal, lo había visto muchas veces, además, pensaba firmemente que esa gente comía de todo y no se preocupaban mucho de cuidar la higiene. Le entregó un par de muestras de antiácidos y le estrechó la mano mostrándole la salida.

Tres meses después el dolor no se había ido, aunque el médico sí. Fernando fue a visitar a la nueva doctora y le explicó lo que le pasaba. La doctora Ferrán lo envió de inmediato a ver a un especialista en la ciudad para que le hicieran exámenes.

Después de una semana fue a buscar los resultados y el doctor le dijo que tenía cáncer y que le gustaría que se quedara unos días para hacerle más exámenes y dejarlo en observación. Fernando, muy asustado, accedió, pero le dijo al médico que necesitaba ir a buscar sus cosas y avisarle a su patrón. Volvería al día siguiente. A Allen le dijo que necesitaba unos días para ir a ver a su hijo a la ciudad.

Allen sabía que Fernando tenía muy poco contacto con su exesposa desde que la había descubierto robando las joyas de su abuela Halina a comienzos de los años 50. Conocía, también, pese a que él no había nacido en ese entonces, el efecto que tuvo en la pareja de empleados, que el capataz, en un acto de lealtad con los Kaufman, tomó las joyas, se presentó ante Ernest, el abuelo de Allen, y dijo que había sido él quien las había tomado pensando que podría venderlas, que se había arrepentido y las devolvía acatando cualquier decisión que su patrón tomara. Ernest entendió muy bien lo que había pasado. Halina, su joven mujer, había notado de inmediato la desaparición de las joyas, sin tener certeza de quién las había sustraído. Él sabía que Fernando había estado esos dos días muy lejos de la casa guiando, junto a otros empleados, la llegada del ganado desde los pastizales a los corrales y que estaba cubriendo a su esposa como cualquier hombre leal lo haría.

Dos días después, la esposa de Fernando tomó a Ramiro, el hijo de ambos, y se marchó volviendo solamente una vez, en pleno invierno, cuando Fernando no pudo enviar el dinero debido a que estuvo muy enfermo y la abuela de Allen le prohibió salir de la casa, preocupada por el delicado estado de su querido empleado. Unos meses después, como merecido reconocimiento a la lealtad y el trabajo esforzado, Ernest lo haría capataz de El Destino.

Fernando llegó de madrugada al hospital en la ciudad y, al subir por el ascensor, se topó con el doctor Gutiérrez quien no lo reconoció, Fernando tampoco lo saludó.

Cuando terminaron de realizarle todos los exámenes, Fernando estaba agotado, pasó a comprar los medicamentos que le recetaron y volvió a El Destino. Sabía que debía volver al hospital para controlarse, pero al sentirse mejor producto de los medicamentos que le habían recetado y debido al gran temor que sentía, sin admitírselo, no siguió el consejo del médico y continuó trabajando normalmente.

Dos meses después, vomitó sangre y, cuando fue al hospital, lo dejaron internado. Era grave, el tumor se había extendido. Como rudo hombre rural disimuló el profundo miedo que sintió cuando recibió la noticia, lo único en lo que pensó fue en Ramiro, el hijo al que no vio crecer y lamentaba no tenerlo cerca. Esperó a estar solo en el cuarto de hospital que le habían asignado, se aseguró de que no hubiera nadie tras las cortinas de las camas contiguas y se echó a llorar amargamente. No lloraba por su enfermedad ni por el miedo que sentía, lloraba por no poder pasar más tiempo con su hijo y por no saber siquiera dónde estaba.

Muchos anhelan el saber cuándo van a morir, creo que Fernando lo presentía, pero él habría dado todo por no sentir el dolor que le consumía las entrañas para poder aprovechar cada segundo de los que le quedaban con Ramiro. En cambio, temía pasar sus últimos días solo, en la cama de una habitación común, en un hospital público.

Fernando, con la mirada fija en el suero que estaba conectado a sus venas, no pensaba más que en Ramiro y Allen. Con el primero no había hablado hace años y, pese a que había intentado ubicarlo, se había encontrado solamente con desprecio. Había sido un muy mal padre y lo sabía, quizás porque de manera inconsciente había traspasado a su hijo el dolor y rechazo que le había generado su exesposa. Siempre pensó que con el tiempo podría reparar la relación, sin embargo, el tiempo pasó rápidamente y ahora se le acababa.

Allen era su jefe, no su hijo, aunque prácticamente lo había criado. Era por lejos la persona que sentía más cercana; por ello, asustado por lo que venía y sintiéndose indefenso a merced de los diagnósticos y remedios, finalmente pidió que le avisaran a Allen de la situación. De inmediato, el joven hizo los arreglos para que trasladaran a Fernando a la mejor clínica privada de la ciudad y para viajar al otro día a verlo.

Cuando estuvo frente a la habitación de la moderna clínica, empuñó la mano preparándose para golpear, pero dudó y esperó unos segundos detrás de la puerta, sin saber qué hacer ni qué decir. Estuvo a punto de volver a la recepción para pedirle a una enfermera que le confirmara que era el cuarto correcto, cuando escuchó el llanto de Fernando, silenciado por la gruesa puerta de madera de la habitación de la clínica privada, a la que lo habían cambiado el día anterior a petición y cuenta de él.

Por un instante, se quedó congelado, pero reaccionó de manera refleja y abrió la puerta sin siquiera golpear. Lo vio de rodillas en el suelo con los brazos sobre la cama y la cabeza apoyada sobre sus manos. En seguida, y sin decir palabra, le puso la mano sobre el hombro mientras Fernando, sin levantarse, se secaba la cara con su mano izquierda mientras ponía la derecha sobre las de Allen. Ambos hombres se quedaron observándose en silencio. Estuvieron así por varios segundos antes de que Allen soltara su hombro y acercara la silla que estaba en un rincón de la habitación hasta escasos centímetros del borde de la cama.

Siguieron en silencio un par de segundos más y, luego, Fernando se secó las lágrimas con el dorso de su mano izquierda mientras con la derecha se apoyaba en la cama para levantarse con dificultad.

Allen no pudo transmitirme lo que ambos sentían en esos momentos. Se le quebró la voz mientras lo hacía. No pude evitar que, mientras me contaba esta parte de la historia, llegara a mi mente la muerte de Franco. Quizás fue afortunado en morir de la forma que lo hizo, sin esperarlo, sin saberlo y sin quererlo. Algo improvisado, de la manera en la que más le gustaba tocar música con su saxofón. Seguro que habría preferido eso a una larga agonía.

Se quedaron conversando durante dos largas horas, asuntos sin mucho sentido ni profundidad. Fernando se esforzaba por pretender que no pasaba nada malo y Allen trataba de seguirle la actuación de la mejor manera posible. Aprovechó la entrada del médico para ir a la cafetería y descansar un poco emocionalmente, aún no digería bien lo que estaba pasando.

Mientras esperaba en la pálida cafetería de la clínica, escuchó en los parlantes donde sonaba la música ambiental, y sin saberlo, unas notas que yo jamás podría dejar de reconocer. Era la notable introducción de *Soul Eyes* interpretada por John Coltrane. La última vez que se la escuché tocar a mi hermano acababa de bajar del escenario y excitado me comentaba, en voz muy alta y eufórico, la variación que había hecho, pese a que era imposible para mí entender a lo que se refería con el largo del SI mayor y el abrupto paso al FA sostenido, cuya aparente magia me había intentado explicar inútilmente tantas veces. Esa noche conocimos a Ana y a Camila, sin sospecharlo, sellando el destino de Franco y de Ana.

Allen recordaría de inmediato ese tema y dónde lo había escuchado cuando volvió a oírlo, junto conmigo, un mes después, en el bar del hotel Hyatt de Santiago.

Tras terminar su café, Allen calculó que el médico hubiese terminado de ver a su amigo y volvió caminando lentamente, suplicándole a dios que salvara a Fernando. Enseguida se dio cuenta de que le rezaba en silencio al mismo dios en el que había dejado de creer una década atrás, cuando se enteró del accidente de sus padres.

Al entrar a la habitación, volvió a sentarse en la silla y le preguntó a Fernando por la visita del doctor, a lo que siguió una conversación carente de mucha profundidad, similar a la que habían tenido anteriormente. En medio de una frase y, entendiendo que estaban creando una conversación forzada, Fernando interrumpió a Allen para preguntarle si sabía por qué había estado llorando antes.

Allen se mantuvo en silencio entendiendo que, para un rudo hombre rural, era injustificable que lo vieran llorar en público, por lo que sabía que debía dejarlo desahogarse y dar las innecesarias explicaciones.

Fernando le contó acerca de la angustia que había sentido al darse cuenta de lo mal padre que había sido y que no quería morirse sin hablar con su hijo, al que había dejado de ver cuando era pequeño y al que no volvió a contactar pese a haber recibido una carta muchos años antes. Le pidió a Allen que por favor lo encontrara y lo convenciera de ir a ver a su padre, a lo que Allen accedió, sin saber en ese momento cómo podría hacerlo, para darle paz y aliviar de alguna manera a su querido Fernando.

Década de los 60, Santiago, Chile

Jano cumplía dieciocho años y Ramiro, su mejor amigo, quería que fuera un día especial. Acababan de llegar de un viaje que les había tocado el alma y les había abierto los ojos al mundo. Fue la primera vez que salían del país y de las pocas que habían estado fuera de la ciudad. Ramiro había perdido a su madre y no había recibido más noticias de su padre desde la infancia. Jano era la persona más importante para él. Sin embargo, desde el día en que discutieron la frase que les había dicho un argentino durante uno de los fantásticos desayunos que tuvieron en su viaje a África, sentía que sus vidas estaban tomando caminos diferentes. Aquella noche, sin poder quedarse dormidos − debido a que la excitación superaba con creces el cansancio del día −, conversaron larga y apasionadamente acerca de cuál rol elegirían si les dieran como alternativas ser navegantes o cazadores. Ramiro sentía una atracción por la cacería que lo inquietaba debido al rechazo que esta actividad provocaba en Jenny, Jano, Ken y en casi todas las personas con las que interactuó familiarmente durante el viaje, para quienes veían el dar muerte a un animal como un acto obsceno y perverso. Él, quizás por haber vivido sus primeros años en una zona rural donde era habitual matar animales para consumirlos, sentía curiosidad e incluso fascinación, lo que lo confundía bastante y hacía que, de manera cínica, aprobara con movimientos de cabeza los discursos anti−cacería del grupo, cada vez que el tema había aparecido. Quiso saber si su amigo estaba en el mismo dilema y, para no evidenciar su posición ya que le avergonzaba, utilizó la breve conversación que habían tenido con los guerrilleros.

Cuando hizo la pregunta esperaba que su amigo, sintiendo alivio a la presión generada por mentirle a sus anfitriones concordando en las diarias y amargas críticas a los "deportistas", liberaría su alma y confesaría que, de elegir entre las tres alternativas, definitivamente sería un cazador al igual que Ramiro. Sin embargo, la respuesta generó sorpresa ya que no era la que Ramiro esperaba y, dentro del argumento que siguió, había un ataque a la caza que él consideró ofensivo, como reprochando lo que sentía, culposamente, desde que vieron la primera muerte de un animal en su viaje.

Ramiro sintió una sensación gutural, algo que pareció por unos segundos enviar un rápido impulso a todo su cuerpo y hacerle hervir la sangre, especialmente en la cabeza. Lo anterior dio paso a una velada pero certera defensa de la actividad que, sin atreverse aún a manifestar, había elegido tan solo dos segundos después de haber escuchado la pregunta. Argumentaba no a favor del cazador, sino más bien, en contra del navegante. Hasta que lo dominó la ira y fue ahí cuando sacó el velo a su preferencia sintiendo que convencería a su amigo de la única elección correcta, la suya.

– ¿No entiendes que si no matas, mueres? – preguntó Ramiro intentando convencer a Jano. – El navegante huye – agregó.

– El navegante no huye. Viaja y conoce – respondió Jano – nosotros somos ahora navegantes en África.

– ¿Y vas a comer solamente ensaladas el resto de tu vida? ¿o crees que los animales caen del cielo hechos hamburguesas y salchichas? – respondió Ramiro irónicamente.

La burla no cayó bien en Jano:

- ¡Imbécil!

– Donde vivimos no puedes ser navegante, hay que ser cazador; el cazador es fuerte, el navegante débil…. ¡Tú eres débil! – respondió bastante ofuscado Ramiro.

La discusión, que fue subiendo de tono y volumen, continuó por varios minutos y solo finalizó con el seco *shhh* de parte de Kenneth, que hizo que ambos silenciaran sus opiniones de inmediato e intentaran dormir.

Gracias a su personalidad extrovertida y a su ingenio, Ramiro se hacía amigos con facilidad y le caía bien a todos. La pobreza en la que había crecido, el alejamiento de su padre y la temprana muerte de su madre lo habían transformado, desde muy joven, en alguien resiliente y con templanza. Habiendo crecido casi en la calle, en una ciudad con fríos y lluviosos inviernos, sin ropa de recambio y pocas alternativas para el futuro, supo, desde pequeño, que podía contar con muy pocas personas en su vida cuando las cosas se ponían difíciles.

Jenny era una de las personas que mayor atención y cuidado le ponían. Pero se había ido a otro país.

Era difícil también para él acomodarse a los horarios y costumbres de las diferentes casas en las que pudo haberse quedado; sin contar la violencia que le tocó ver y experimentar cuando llegaba algún adulto borracho y frustrado a su atestada vivienda. Muchas veces había optado por dormir bajo un puente o en un improvisado refugio de cartón o tablas que encontraba, incluso, con la ropa mojada.

A los catorce años, en una noche que había sido la más fría que recordara, unos chicos que eran dos años mayor y que conocía de la escuela, lo invitaron a robar en una casa que sabían estaría vacía. Era una de las pocas historias que nunca compartiría con Jano.

Los dueños, una familia acaudalada con quien trabajaba la tía de uno de ellos, se había ido a esquiar a La Parva, por todo el fin de semana. Ramiro tenía muy claro que robar era malo y que había que trabajar por las cosas. Su disfuncional círculo tenía valores que le habían inculcado desde pequeño, la tía Jenny, la familia de Jano, sus profesores, en alguna época su padre e, irónicamente, su madre. Pero ese día hacía mucho frío y más que estar interesado en el botín, lo que lo alentó a unirse al grupo era el prospecto de sacarse el frío de encima, dormir en una casa y, con suerte, en una cama.

Tras una caminata de casi dos horas que, pese al cansancio, sirvió al menos para que su cuerpo entrara en calor, se encontraron frente a la casa más grande que él había visto. Luego de mirarla absorto por algunos momentos, el chico más alto de la improvisada pandilla de cuatro le golpeó bastante fuerte en la parte de atrás de la cabeza con la mano abierta, lo que bastó para sacarlo del estado de asombro en el que estaba al ver casas tan grandes, bonitas y, sobre todo, diferentes a todo lo que había visto o pensaba que existía hasta ese momento. En seguida, y como lo habían planeado durante el camino, treparon sobre los hombros de Franklin, bautizado así por Franklin D. Roosevelt. Ramiro lo pisó disimuladamente en la cabeza para vengarse por el fuerte golpe anterior y saltó la reja exterior que estaba cubierta por enredaderas que no dejaban ver por completo lo que había detrás. Acordaron que él haría guardia afuera mientras sus tres cómplices estudiaban la casa y descubrían cómo entrar. Una vez que uno de los chicos dio con una ventana que estaba mal cerrada en la parte trasera de la casa, Franklin trepó ágilmente la reja y se unió al grupo.

Después de revisar tranquilamente la casa y comenzar a echar cosas de valor en bolsos que encontraron en una bodega, llegaron a una habitación donde descubrieron algo que, sin que Ramiro entendiera, generó una gran algarabía entre los tres adolescentes, quienes entre risas y golpes cómplices se felicitaban por el botín. Unos segundos después, Marlon, el más corpulento de los chicos, le quitó el paquete de las manos a Franklin y, mientras Ramiro intentaba adivinar qué había ahí, lo abrió y de su interior sacó lo que parecía una bolsa con hojas secas. Varios minutos después, Marlon, utilizando dos fósforos al mismo tiempo, encendía una especie de cigarrillo que había hecho con los insumos que habían encontrado dentro de la caja. Pese a que Ramiro había escuchado muchas veces la palabra marihuana, era la primera vez que la veía y también sería la primera vez que la probaba. No iba a ser la última.

Franklin se encargó de venderle a Morris, su tío, todos los bienes que se llevaron en esa ocasión y, pese a que el dinero no era ni siquiera una fracción del valor de las cosas que se habían robado durante el fin de semana, parecía una fortuna para los menores que ni siquiera esperaban obtener dinero a cambio, ya que se habían quedado con la hierba, algunos cachivaches que les llamaron la atención y lo que fue el verdadero botín para ellos: comer sin límite cosas que ni sabían que existían, como por ejemplo, una especie de panes de una caja que en letras rojas decía *Waffles*, pequeños huevos negros de pescado que estaban en un frasquito y que pese a que les parecieron muy salados en un comienzo, iban perfecto en un sándwich con un queso que leía *Camembert* en su etiqueta y al que agregaron algo muy salado que sacaron de un paquete que en grandes caracteres decía *Anchoas* en lo que parecía otro idioma.

Ese día, Franklin sacó el dinero del bolsillo de su pantalón frente a todos, lo repartió y se lo gastaron casi inmediatamente en comida y ropa. No haberse quedado con el dinero lo posicionó como el líder de la pandilla de tres. A veces invitaban a Ramiro; sin embargo, a esa edad las diferencias eran demasiado evidentes y parecía mucho más joven que ellos.

El padre de Kenneth, junto con su gran amigo Raphael Mechoulam, habían inventado el concepto de marihuana medicinal en Estados Unidos. Por eso era usual que Kenneth, en más de alguno de los espectaculares atardeceres de Namibia, se alejara de la casa donde estaban los jóvenes visitantes para fumar uno de los cigarrillos que le costaba tan poco armar. Era una actitud que les llamó la atención de inmediato, pues era la única ocasión del día en el que su atento anfitrión no los invitaba con entusiasmo a acompañarlo. A veces Jenny se le unía, pero solo cuando estaba segura de que los muchachos y Camila estaban absortos en algún juego y no saldrían.

Una tarde, mientras jugaban persiguiendo a Camila, llegaron a varios metros de donde estaba la pareja. Pese a la distancia, Ramiro reconoció el olor de inmediato y entendió la situación que pasó, aparentemente, desapercibida para Jano. Pese a que se vio tentado en conversar del tema y decirles que no tenían por qué esconderse, que él incluso había vendido pequeñas cantidades de hierba que conseguía de sus amigos mayores del barrio, entendió que podría ser extraño e incómodo y no dijo nada.

Jano viviendo en un lugar tan peligroso y teniendo una familia que cuidaba de él, no tenía permitido salir de noche a diferencia de su amigo huérfano a quien nadie controlaba. Además, otra cosa que los diferenciaba bastante era que Jano debía estudiar y hacer las tareas para ser un alumno promedio, mientras que Ramiro, sin mucho estudio ni esfuerzo, era el mejor alumno del curso y, probablemente, de la escuela. La madre de su amigo, mientras estuvo viva, pasaba por épocas en que se desentendía por completo de su hijo. Varias veces Jano tuvo que llevarle de su ropa, a lo más parecido que tenía a un hermano, ya que sabía que había dormido bajo un puente. Ramiro asistía a la escuela, más que nada, por el desayuno y el almuerzo que entregaban todos los días de manera gratuita. Jano había sentido el olor a marihuana en varias ocasiones, pero nunca había fumado y al no haber sentido los efectos, no le prestaba mayor atención.

Cuando cumplió dieciocho años y Ramiro llegó con una gran caja triangular a su casa, Jano supo de inmediato que contenía una guitarra. Solamente al abrirla se percató de que era nueva y la misma que habían visto tiempo antes en una vitrina del exclusivo barrio donde habían tenido que ir a buscar los pasajes que Jenny les había enviado. Le había comentado a su amigo que quería aprender a tocar guitarra pero que nunca imaginó que pudieran llegar a costar tanto. Pese a que hace tiempo notaba que Rami no le pedía compartir de su ropa y que lo invitaba a comer hamburguesas a restaurantes, no había querido incomodarlo preguntándole de dónde sacaba el dinero ya que en el barrio todos se conocían y sabía que frecuentaba a la pandilla del flaco Frank hace tiempo. Sin embargo, también conocía el precio de esa guitarra y le asustaba pensar que fuera robada.

Ante la mirada inquisidora y el silencio de Jano, Ramiro de inmediato le dijo:

– ¡La compré, la compré, hermano! – avergonzándose y un poco ofendido por la idea que sabía se ocultaba tras la cara de su amigo – gracias por cuidarme toda la vida, Janito.

Se acercó y le dio un rápido beso en la mejilla derecha. Le costaba bastante demostrar afecto.

Cuando Morris le pasó el dinero como pago por los bolsos y cajas llenas que habían sacado de la casa en la que trabajaba su esposa – a quien le había escuchado quejarse por tener que irse con sus patrones el fin de semana a La Parva, donde le costaba tanto respirar, sentía frío y se aburría –, Franklin lo dividió inmediatamente en dos, poniendo una parte de los billetes en el improvisado bolsillo que había hecho hace tiempo dentro del forro de la gastada chaqueta – que nunca se sacaba – y la otra mitad, en el bolsillo de su pantalón.

Una vez que estuvo frente a sus amigos bajo el puente que frecuentaban, se paró con el cuerpo rígido y, moviendo la cabeza lentamente con una mirada ceremoniosa dirigida a cada uno de sus tres cómplices, esperó a que guardaran silencio e introdujo rápidamente la mano en el bolsillo izquierdo de sus gastados jeans sacando el forro blanco hacia afuera, para mostrar que no había nada en su interior, luego, en una lenta e histriónica maniobra con la otra mano, sacó del bolsillo derecho un fajo de billetes que comenzó a repartir en cuatro pilas sobre una gran piedra que utilizaban a veces como mesa, mientras observaba complaciente la cara de asombro de sus amigos que nunca habían visto tanto dinero en sus vidas.

– Mi tío nos mandó esto y sus saludos – dijo, mientras entregaba a cada uno su parte. Finalmente, tomó el montón de billetes que quedaba sobre la roca, volvió a meter el forro en el bolsillo del pantalón y se guardó el reducido fajo rápidamente.

Pese a lo que pensaba en ese momento, el dinero no era mucho y solo alcanzó para que Ramiro se comprara dulces y golosinas, un lujo con el que había solo soñado hasta ese día. Nunca había entrado a comprar a un supermercado antes y sintió que ningún día sería mejor que ese. Quiso comprarse unos zapatos nuevos pero el dinero no le alcanzó, de todas maneras, no sabía nada de precios ni dinero, ya que nunca antes había tenido más que algunas monedas. Pese a la excitación del momento, sabía muy bien el origen de los billetes y sentía un cargo de conciencia que había ido en aumento, pese a que aquel fin de semana había sido la primera vez que dormía bajo un techo sólido y en una cama tan cómoda. Había ido varias veces antes a la iglesia y le gustaba el ambiente de cariño que sentía ahí y que sabía respondía a que estaba en la casa de dios. Aunque la comida que repartía el cura los domingos a la hora de almuerzo era motivación suficiente, iba porque le gustaba. A veces era lo único que comía el fin de semana.

Esa noche, sin poder dormir, se prometió no volver a robar y que dejar las monedas que le quedaban en la caja de madera que estaba a la entrada de la pequeña iglesia, para expiar su pecado.

Franklin corría bastante rápido, en parte por su condición esbelta, sus largas piernas, pero sobre todo, porque le producía terror caer en manos de la policía. Era el primer golpe que daban con más de dieciocho años y sabía que si lo tomaban preso no iría brevemente al hogar de menores donde lo alimentarían y donde, salvo los estrictos horarios que debía cumplir, lo pasaba bastante bien y aprendía de sus compañeros de encierro a perfeccionar el arte de la delincuencia. Esta vez iría a la cárcel y, por el historial de robos, violencia y venta de marihuana, probablemente pasaría ahí bastante tiempo. Lo peor es que, esta vez, era completamente inocente. Su pandilla, que a esas alturas perfectamente se podía llamar banda, estaba compuesta por sus dos antiguos cómplices que actuaban como lugartenientes y contaba ya con cinco miembros más, a los que se sumaba Ramiro para algunas ventas de droga, pero nunca para los robos que seguían siendo la actividad principal del grupo.

Siguiendo los consejos que le había dado su tío (el verdadero cabecilla sin que el resto de los muchachos lo supiera), Frank había comenzado a sumar a chicos de quince y dieciséis años para que fueran los primeros en entrar a las casas ya que, en caso de ser descubiertos y detenidos, evadirían la responsabilidad frente a la ley que tenían los mayores de dieciocho años y, simplemente, pasarían algunas semanas en un hogar de menores, que era bastante mejor que su situación en las calles, especialmente en otoño e invierno.

Ese día de verano, uno de los menores que era compañero de curso de Ramiro y a quien éste había recomendado personalmente, le dijo que creía que dos de los chicos estaban "trabajando" por su cuenta en una casa cuyos habitantes habían dejado vacía para irse de vacaciones. Era la primera insubordinación que había en la banda, por lo que Frank y sus lugartenientes, armados con las barras de fierro que utilizaban para forzar las ventanas, partieron al atardecer a la casa en cuestión para esperar la llegada de los díscolos delincuentes juveniles. La idea era darles una violenta lección y hacerles suficiente daño como para que no volvieran a tener la idea de dar golpes por su cuenta.

Sabían que el mejor horario para dar un golpe en los barrios acomodados era entre las nueve y diez de la noche, debido a que ya estaba oscuro, pero aún había movimiento en las casas y en la calle, por lo que, un poco de ruido y chicos caminando con bolsos llenos, era menos sospechoso que hacerlo cuando todos dormían y el silencio dejaba en evidencia cualquier error.

Llegaron a la calle indicada por el soplón y pasaron caminando lentamente por el frente de la casa para estudiarla y estudiar si había alguna actividad o cuál sería la mejor manera de entrar. Cada uno de los jóvenes delincuentes tenía siempre disponible un conjunto de ropa limpia y casi nueva, guardada especialmente para cuando iban a esos barrios de clase alta, ya que debían pasar inadvertidos y las ropas viejas y poco aseadas que vestían habitualmente habrían llamado la atención de los vecinos o transeúntes de manera inmediata.

No tuvieron que esperar mucho tiempo para notar actividad en la propiedad indicada, pero pese a que esperaban a que los dos chicos llegaran caminando por la vereda, los inexpertos delincuentes habían entrado aún con algo de luz a la casa y de manera muy torpe un tiempo antes de lo que lo hubieran hecho los expertos, lo que había alertado a los vecinos que habían llamado a la policía. Ignorando esto y en cuanto el primero se dejó caer desde la pared a la calle, sin percatarse de la presencia de sus antiguos compañeros, Frank lo golpeó con todas sus fuerzas con la barra de fierro en la rodilla, lo que desestabilizó al muchacho que dio un grito de terror y dolor que alertó a su compañero, el que volvió al interior de la propiedad sin haber alcanzado a asomarse por la pared que acababa de trepar su amigo. Luego, mientras Frank observaba complacido, el resto de la banda comenzó a patear y a gritarle insultos al menor que yacía en el suelo intentando proteger lo mejor que podía su cabeza con las manos. Desconcentrado por el ruido y el frenesí provocado por el primer ajusticiamiento dado por sus secuaces, Franklin no se percató del carro policial que llegaba a sus espaldas, nadie lo hizo sino hasta que uno de los policías, aún pensando que era solo una riña callejera entre niños, les gritó que se detuvieran. Bastó ver la reacción de los jóvenes para que los policías entendieran la situación y tomaran una postura bastante más agresiva llamando refuerzos.

Mientras corría desaforadamente y sin preocuparse por el resto de su grupo, Franklin pensaba que había sido demasiado impulsivo, probablemente el chico que habían dejado sangrando y malherido en el suelo le contaría a la policía absolutamente todo sobre el actuar de su banda y dónde podían encontrarlos. Fue un error de novato ir a buscarlos a un barrio de ricos, en vez de esperarlos en su propio barrio para darles la lección. Sabía que en el barrio nadie hablaría y que, en caso de hacerlo, habría una reacción por parte de toda la comunidad en contra del delator.

Casi había llegado a la esquina cuando apareció otra patrulla de policías. Entendió que seguir corriendo no tenía sentido y, cansado por la carrera, se detuvo y levantó las manos. Cuando por fin volteó la cabeza, vio que sus dos amigos lo imitaban, al igual que el resto de los jóvenes, mientras el herido traidor era atendido por un policía en la vereda y el que estaba en el interior de la casa era obligado a salir del escondite en el que se había refugiado, razón por la cual acusaron a todos de hurto y allanamiento de morada. Estos hechos tendrían un impacto tremendo en el futuro de Ramiro, pese a que no estaba ahí ni fue acusado de nada.

La madre de Franklin al escuchar la sentencia en el tribunal donde juzgaron a su hijo como adulto, gritó histéricamente y explotó en llanto. Entre sollozos le gritaba al juez y al fiscal algunos insultos que eran inentendibles, en parte por la jerga que dominaba la mujer, como también porque se atoraba con su propia saliva y respiración acelerada. Pena efectiva de dieciocho meses. Franklin miró extrañado la escena, menos sorprendido por la sentencia que por la reacción de su madre, que lo tenía prácticamente en el abandono desde los diez años.

Dos años después, Ramiro se encontró con Franklin a la salida de su escuela y le costó reconocerlo. Ya no estaba tan flaco y cojeaba notoriamente. Su mirada parecía la de alguien bastante mayor de veinte años, como calculaba que debía tener el espigado Frank. El pelo, que siempre usó con un corte tipo militar para que no se viera tan sucio debido a las pocas oportunidades que tenían para asearse, ahora era largo y ondulado y servía para taparle una fea cicatriz que tenía en la frente y que, claramente, era producto de alguna herida reciente. Franklin lo divisó saliendo de la escuela y lo miró fijamente como para asegurarse de que efectivamente era Ramiro, a quien le había salido ya una tímida barba, y le hizo un gesto con la cabeza para que se acercara. Jano vio de reojo la escena, mientras conversaba animadamente con un compañero que pateaba, alternadamente con él, una añosa pelota de fútbol. Todos en la escuela sabían dónde había estado ese alto muchacho durante más de un año y por qué. El chico que caminaba con Jano dejó de mirar la pelota y siguió la mirada de su amigo tras lo que se paralizó y su piel se tornó pálida. Aún tenía dolor en la rodilla por el golpe que le diera con un fierro aquel tipo que estaba al otro lado de la calle. Miró asustado a Jano – que adivinó el terror que sentía su compañero –, se dieron media vuelta y, sin que Franklin los viera, ingresaron nuevamente a la escuela, dejando la pelota donde había quedado.

Ramiro, sin percatarse de lo que había pasado a sus espaldas, aceleró el paso mientras cruzaba la calle y, en cuanto estuvo cerca de Frank, se abrazaron y caminaron así por unos metros alejándose del lugar. Frank le contó que la prisión había sido una universidad, que había hecho muchos contactos y que, en cuanto salió, su tío le hizo dos advertencias. La primera, que no volviera a robar ni a entrar a casas, ya que lo encerrarían por mucho más tiempo; y la segunda, que no se vuelva a dejar atrapar, tras lo que soltó una carcajada dando a entender que era una broma. Pero su tío hablaba en serio, ya que se había acostumbrado a utilizar a la banda del sobrino de su esposa para obtener los bienes que revendía en su puesto del mercado de antigüedades y al que denominaban "persa" por la manera informal en que se negociaban y regateaban los precios de los productos, muchos de los cuales eran robados o, al menos, de dudoso origen.

Luego de contarle en detalle acerca de su experiencia en la cárcel –historia que extrajo casi totalmente desde su imaginación y que poco tenía que ver con la realidad, reemplazando lo traumático de la experiencia, ya que no quería que sus amigos se enteraran de las veces que lo golpearon ni de la baja jerarquía que había tenido en ese lugar –, ambos conversaron brevemente de las andanzas de Ramiro durante ese último tiempo y de lo difícil que había sido vivir en aquel lugar que cada vez se sentía más pequeño para los jóvenes.

Cuando ya se habían puesto al día, Franklin le preguntó si se acordaba del primer robo que realizaron en aquella casa donde habían encontrado la bolsa con hierba. Le contó que en la cárcel había hecho algunos contactos y que ahora se dedicaría a venderle marihuana a los universitarios que, al parecer, consumían bastante y tenían dinero. Ramiro había vendido marihuana un par de veces en la calle.

La había conseguido con uno de los profesores de la escuela y se la había vendido a las personas que salían de las oficinas en el centro mientras cuidaba sus automóviles. El profesor se había quedado con casi el noventa por ciento y, a la segunda o tercera vez, Ramiro le dijo que no seguiría porque se podía meter en problemas y que por tan poco dinero no valía la pena correr el riesgo. El profesor lo había amenazado con ponerle malas notas, lo que en realidad no le preocupaba a Ramiro, sin embargo, a aquel muchacho que había crecido enfrentando tanta adversidad y con la libertad que daba la calle, no le gustaba que lo amenazaran o le forzaran a hacer algo, por lo que acusó al profesor e hizo que lo despidieran unos días después. En la acusación Ramiro había exagerado grotescamente e incluyó, además de las drogas, gráficas escenas de índole sexual, pues desde pequeño había aprendido que, si daba un golpe, tenía que tumbar a su oponente de inmediato o atenerse a las represalias.

Las clases en las universidades terminarían pronto, por lo que Frank quería comenzar cuanto antes, pero Ramiro había recibido una sorprendente invitación a viajar por África y era su último año de escuela, no quería arriesgarse. Acordaron comenzar a la vuelta de su viaje.

Cuando Franklin vio a Ramiro, pese a que solo habían pasado un par de meses desde la última vez, le pareció otra persona. Tenía una mirada más fría que de costumbre y la incipiente barba que le había sorprendido tanto la vez anterior asomaba mucho más tupida. También le llamó mucho la atención el collar de conchas que Ramiro traía y no pudo contener la risa, prometiéndole que, cuando hicieran dinero, se lo cambiaría por una cadena de oro.

Esa noche, bajo el puente que había funcionado como punto de reunión para la banda desde que eran niños, puso sobre la misma roca donde años antes había repartido el dinero de su primer golpe, una gastada mochila estilo militar hecha de tela verde de la que sacó una bolsa de nylon blanca con medio kilo de marihuana que mostró manteniendo un extremo de la bolsa en cada mano y haciéndola circular frente a las caras de sus cómplices, para que sintieran el potente aroma que salía desde el interior. Luego, y sin poner mucha atención a las risas nerviosas y comentarios del grupo, sacó de la mochila una guía telefónica. Con una hoja que desprendió con un rápido movimiento, les enseñó cómo hacer los dobleces precisos en el papel para formar sobres. Mientras sacaba varios elásticos de un pequeño bolsillo lateral y sin mirar al resto del grupo, les dijo que tenían que repartir el contenido de la bolsa grande en partes iguales en cuarenta de los improvisados sobres y amarrarlos con los elásticos en lotes de diez. La situación le recordó a Ramiro la escena del comedor del campamento en Namibia, cuando el líder de los rebeldes congoleños pidió más vino y, de inmediato, se hizo un silencio sepulcral dentro del resto de su ruidoso grupo para escuchar sus palabras. Franklin era claramente el líder del grupo, pero ahora se respiraba un aire diferente, todos los chicos habían cambiado, eran hombres y, lo más importante, todos eran mayores de edad y de ser sorprendidos terminarían en prisión.

Teniendo la experiencia de haber estado preso víctima de una traición, pese a que haya sido la causa indirecta, Frank había aprendido a desconfiar y el resto sabía que el castigo de otra traición ya no serían solamente un par de golpes.

Una vez que llenaron todos los sobres con mucho cuidado, utilizando papeles de periódicos que encontraron en el lugar a modo de embudos. Los amarraron con los elásticos en lotes y cada uno fue colocando los que había completado en la bolsa blanca que había quedado vacía y que, al finalizar el proceso, el líder volvió a poner en la mochila que cerró con mucho cuidado. Acordaron reunirse al otro día a las ocho de la mañana en el mismo lugar tras lo que fumaron alternadamente un gran cigarrillo con marihuana y se separaron. Intuían que sería la última noche de pobreza de sus vidas. Al día siguiente, se iniciaban las clases en las universidades. Puntualmente, vieron cómo Franklin traía cuatro bolsas blancas iguales a las que utilizó el día anterior para transportar la hierba. Cada bolsa tenía diez sobres de papel en su interior y acordaron ir juntos a la universidad que quedaba en el centro de la ciudad, donde se separarían y realizarían las ventas. Utilizarían las prendas de ropa limpia que tenían guardadas para los robos. Ramiro solo tenía su ropa habitual, por lo que, sin decírselo e intuyendo que levantaría sospechas, lo mandaron a la facultad que quedaba en el edificio más alejado, mientras el resto compartiría el espacio del edificio principal haciéndose pasar por estudiantes. Al terminar el día, todos habían vendido las respectivas dosis y habían recaudado más dinero de lo que habían pensado, siguiendo el plan de venderlo caro en un inicio para ir bajando el precio a lo largo del día. No tenían la menor idea de en cuánto podrían vender cada dosis y tampoco imaginaban la gran demanda que tendrían. Sabían de antemano que el setenta por ciento del dinero iría al misterioso proveedor de la droga, cuya identidad Franklin mantenía en secreto, el resto de lo recaudado lo dividirían en partes iguales como siempre lo habían hecho.

Esa noche, Franklin llegó donde su tío, le entregó el cincuenta por ciento del total como habían acordado y recogió un kilo de hierba que puso en dos bolsas que apenas pudo meter en la mochila de tela. Tomó de la mesa del comedor un par de montones de sobres amarrados con elásticos en forma de cruz y los puso en el bolsillo pequeño que había al costado derecho, sin embargo, no alcanzó a cerrarlo por completo, por lo que parte de los sobres quedaron a la vista. Con la mochila completamente llena se reunió más tarde con los chicos en el lugar de siempre y realizaron, mecánicamente, la tarea de dividir el kilo en varios gramos y ponerlos en los sobres.

Unos meses después, ya tenían un sistema bien armado y clientes habituales, por lo que solo debían ir dos veces por semana a repartir la droga que Frank conseguía. Era la primera vez que Ramiro podía contar con un flujo de dinero real y no la miseria que le dejaba el cuidar autos.

Sintiendo que ya tenía un trabajo, había alquilado una habitación cerca de la universidad y, al igual que cuando era niño y vivía con su madre, podía guardar ropa y otras cosas sin temor a que fueran a desaparecer. Todos los chicos se compraron ropa nueva y, coincidentemente, las zapatillas más caras que encontraron. Sabían que no podían acceder a automóviles, a las viviendas o a los viajes más caros, sin embargo, por primera vez en sus vidas podían costear ropa y zapatillas de las mejores marcas.

Estaban a unos días de terminar el año universitario y cada uno tenía dinero que solo habían podido soñar antes. Para celebrar y repartir el dinero de la semana, Franklin les sugirió que terminada la jornada se reunieran donde Ramiro, como era habitual en los últimos meses. Ya no se reunían bajo el puente, tampoco se reunían dentro de la universidad. para evitar que los identificaran como una banda. El puente era demasiado expuesto y estaban vendiendo mayores cantidades de droga, no podían arriesgarse a que los descubrieran o les robaran. Debido a que todos excepto Ramiro vivían con sus familias, comenzaron a utilizar el cuarto de este para almacenar y empaquetar la droga que ya compraban en mayor cantidad. La hierba que llegaba en unos paquetes hechos con papel de diario y cerrados con cinta adhesiva envuelta alrededor en forma de cruz. Esta técnica hacía imposible que alguien abriera el paquete y volviera a cerrarlo sin dejar marcas que evidenciaran si se robaba parte de su contenido entre los momentos del empaque y la entrega. Los paquetes que tenían alguna rotura en el papel se revisaban muy acuciosamente. A veces, los paquetes dañados se reemplazaban cuando se evidenciaba que pesaban mucho menos. Quedaban guardados para retirarlos al otro día y no recorrer la ciudad con la marihuana en la antigua camioneta del familiar de Franklin, a quien ya todos en la banda habían identificado como el proveedor del producto que los estaba sacando, en una manera acelerada, de la pobreza.

Varias veces durante el año, al pasar a recoger los paquetes devueltos, el tío se quedaba conversando con Ramiro, al que le reconocía haber tenido la vida más dura, exceptuando, quizás, el tiempo que su sobrino había pasado en la cárcel por "gil", como él decía. Le había comenzado a tomar un cariño especial debido a cierta lástima que se fue transformando en una especie de admiración. Ramiro era simpático, inteligente y, sobre todo, era un chico duro, por lo que cada vez se quedaba más tiempo compartiendo con el muchacho y le tomaba mayor confianza. Una tarde, mientras Rami le ayudaba a cargar en la camioneta los cinco paquetes dañados que habían acumulado, le preguntó si lo acompañaba a tomar una cerveza y si prefería alguna en especial, a lo que Ramiro respondió que la que más le gustaba, por lejos, era la que fuera gratis, evidenciando que no tenía mucho interés en la cerveza. El hombre rio al escuchar la ingeniosa respuesta y le dijo que lo acompañara a un bar que quedaba a unas cuadras de donde vivía el joven.

A Ramiro no le gustaba tomar alcohol y mucho menos le gustaba la cerveza. Cuando se es pobre no se tiene acceso a los licores más finos por decirlo así y, al ser dos años menor que sus amigos de fechorías, había comenzado cuando niño a beber junto a ellos alcohol de muy mala calidad, sin que su inmaduro cuerpo estuviese preparado para soportar la intoxicación, por lo que todos sus recuerdos de las noches en las que tomaban, para en un inicio combatir el frío, iban acompañados de mañanas horribles con diarrea, vómitos y una sensación de que la cabeza le iba a estallar, lo que hizo que, a diferencia de sus amigos, nunca sintiera demasiada atracción por la bebida y menos por la cerveza, que ni siquiera le hacía entrar en calor.

En el lúgubre bar, con unas mesas hechas con una tabla y patas de metal mal pintado, en una atmósfera hedionda a humo de cigarrillo y alcohol, el joven seguía con su vaso de cerveza a medio tomar mientras el adulto que estaba frente a él tomaba su tercer vaso desaforadamente. Ramiro veía parte del líquido caer por un costado de la boca de su proveedor, sintiendo un poco de asco de antemano ya que sabía que, mientras dejaba caer el vaso con fuerza sobre la débil mesa, hablaría casi gritando para hacerse escuchar por sobre la música que sonaba en el lugar y escupiría una serie de gotas sobre el rostro de su interlocutor, tal como lo había hecho al menos seis veces antes. Cuando Ramiro estaba terminando su primer vaso de cerveza, un poco forzado y sin placer, pero apuradamente para poder partir rápido del lugar, el tío iba en la mitad de su quinto vaso y se notaba que el alcohol había hecho efecto ya, pues gritaba aún más, evidenciando que no tenía todos los dientes en la boca, hecho que normalmente intentaba ocultar poniendo su mano frente a la boca con el dedo pulgar a un lado y el índice al otro, como si se rascara los labios cuando hablaba o estuviera en actitud de estar pensando. Camino a la habitación de Ramiro, el tío, que avanzaba abrazándolo para apoyarse y no tropezar, le insistió en repetidas ocasiones que le tenía un gran cariño, pero unos metros antes de llegar a su camioneta lo sorprendió confesándole que no le tenía el mismo cariño a su sobrino político y que le parecía muy poco el cincuenta por ciento que le cobraba y que el siguiente ciclo universitario le cobraría el sesenta por ciento y que por favor no lo tomara como algo personal ya que desde hace años le estaba cobrando la mitad de todos los golpes que habían dado, sin embargo, encontraba que ya había sido suficiente pues él estaba haciendo el trabajo más arriesgado desde que habían pasado a distribuir cantidades importantes. Ramiro lo miraba incrédulo, en silencio y se sintió aliviado cuando lo dejó apoyado en la camioneta.

Había algo que era inviolable para Ramiro y eso era la confianza entre gente pobre. Era un código no escrito que había aprendido desde muy pequeño en las calles: entre la gente pobre no se robaban, solo era ético robarle a los ricos y eso lo sabían todos en el barrio donde vivían.   Pasados unos minutos donde su cerebro unió todos los momentos donde Frank había repartido dinero entre los amigos, se le hizo evidente que las cuentas no cuadraban. Ramiro era mucho más inteligente que el promedio y, pese a que casi no estudiaba, todo en la escuela se le hizo bastante fácil, por lo que le costó entender cómo no se dio cuenta antes de los malabares del líder de la banda juvenil. La rabia solo iba en aumento esa noche y acompañada de una sensación de acidez en el estómago que le duró hasta el día siguiente. Lentamente, la sensación se fue transformando en ira.

Ramiro, mintiéndole a sus amigos, les dijo que no podrían utilizar su departamento ese día debido a que los vecinos harían una fiesta y sería demasiado ruidoso, no estarían tranquilos y podía llegar la policía. Sabía lo que tenía que hacer y no quería que sucediera cerca del primer lugar que había podido sentir como un hogar; tampoco quería arriesgarse a que alguien lo pudiera identificar, pese a que sí quería que sus amigos fueran testigos. Les propuso hacer una reunión bajo el puente, para cerrar un excelente año de trabajo y para despedirse del lugar que había visto nacer a la banda, a lo que todos accedieron tras escuchar la aprobación pausada de Franklin. Esa mañana entraron a la universidad sabiendo que esa misma tarde se encontrarían, por última vez, en aquel histórico lugar, celebrando que ya estaban para cosas más grandes.

Un poco después de la puesta de sol fueron llegando los amigos casi al mismo tiempo. Ramiro, que observaba oculto a varios metros tras una estructura de cemento, esperó unos minutos después de que llegara el último integrante del grupo para acercarse. Totalmente en silencio durante todo el tiempo, esperó a que Franklin repartiera el dinero a cada uno para ejecutar su plan. Ese año ya había logrado dejar en el pasado la pobreza en la que creció, no arriesgaría volver atrás. Sin embargo, en la calle solo tienes a tus amigos y cuando uno te traiciona todos saben lo que pasa.   Pasó la noche anterior y aquel día completo pensando en cómo ejecutaría el plan. Una confrontación directa con un Frank alertado podía terminar mal para Ramiro o, al menos, era un resultado que no podía predecir. Ambos eran extremadamente hábiles peleadores pero su rival era bastante más alto, lo que le daba una clara ventaja en la pelea cuerpo a cuerpo. Además, a diferencia de Ramiro, iba siempre armado con un cuchillo de resorte que había aprendido a utilizar en la cárcel. Ramiro tendría que atacarlo por sorpresa y tumbarlo de inmediato, sin embargo, corría el riesgo de que los otros dos integrantes del grupo, que eran de la misma edad y mucho más amigos del líder, sin entender lo que pasaba, intentaran defenderlo yéndose en contra de él y acabando casi de seguro con el grupo, además de, probablemente, con su vida.

Estaba decidido, había sacado los cálculos de los diferentes resultados probables en su cabeza y entendía que solo tendría una oportunidad.

Sabía que Frank había sufrido una fractura en la pierna derecha en una riña en la cárcel de la que no había dado detalles, la que, al curar sin atención, le había dejado una cojera que lo acompañaría por el resto de su vida. Una vez que el dinero estuvo asegurado en sus bolsillos, le preguntó en voz alta a Frank, para que cada una de sus palabras se escucharan claramente por sobre el ruido del tráfico que pasaba sobre el puente a esa hora, cuánto era lo que le cobraba su tío por cada trabajo. Franklin bastante sorprendido por el cuestionamiento del miembro más joven de la banda demoró unos momentos en responder, silencio que fue utilizado por su inquisidor para agregar, "nos has estado robando todos estos años". Franklin se puso pálido y, de manera refleja, retrocedió un paso tensándose notoriamente su cuerpo. Ramiro sabía que debía esperar una confesión o negación antes de actuar para minimizar el riesgo de la intervención de los otros dos amigos, sin embargo, al percatarse de que, al ser interrogado y verse sin escape el líder movía lentamente su mano hacia el bolsillo trasero de su pantalón, donde sabía que siempre llevaba el cuchillo de resorte, se abalanzó con su pierna completamente estirada y con la planta de su pie impactó violentamente la rodilla de la pierna sana de Franklin, el que cayó inmediatamente y con una mueca de dolor al piso soltando el cuchillo que no había alcanzado a abrir. En cuanto vieron el cuchillo en el suelo, ambos espectadores entendieron de inmediato que el intentar empuñar un arma como respuesta a una pregunta, solo podía ser la reacción natural de quien era culpable. Uno de ellos se acercó para tomar el cuchillo y, luego, se quedaron observando en silencio y sin intervenir. En el mundo en el que habían crecido nadie separaba una pelea, ya que era la manera natural de resolver los conflictos y marcar la jerarquía.

Frank, aún sorprendido, pero sin sentir dolor gracias a la adrenalina que en un segundo había recorrido su cuerpo, intentó levantarse, pero no tuvo éxito y sintió cómo ambas piernas le fallaban mientras veía horrorizado y sin poder hacer nada, cómo su otrora amigo aterrizaba encima de su pecho e intentaba colocar pesadamente las rodillas sobre sus hombros para inmovilizarlo. Solo alcanzó a estirar sus largos brazos y poner uno en la cara y otro en el cuello de su agresor para tratar de alejarlo y sacárselo de encima, pero el peso de Ramiro y la inercia del salto que había dado hicieron que aterrizara con tal fuerza que los intentos por alejarlo fueran inútiles y solo acrecentaran la ira con la que recibía cada golpe. Luego de sentir como si cinco o seis fuertes martillazos impactaran su cara y su cabeza rebotara contra el piso con cada uno de ellos, quedó totalmente inconsciente, sin haber podido siquiera defenderse.

Ramiro dejó de golpear a su víctima cuando sintió las gotas de sangre salpicar su cara por segunda vez. Había participado en varias peleas a lo largo de su vida, sin embargo, nunca había planificado una con tanto detalle. Cuando acabó de golpear furiosamente la cara de su antiguo amigo no sabía si estaba vivo, tampoco le importó. Se incorporó lentamente y, una vez que estuvo de pie, escupió sobre el cuerpo y lanzó una mirada desafiante a los dos sorprendidos observadores que no entendían aún los detalles, pero que Ramiro intuía, estaban de su lado. Con el pie empujó el cuerpo inmóvil al río y vio de reojo cómo este era arrastrado lentamente por el agua mientras, junto a sus amigos, emprendían una rápida huida del lugar.

Luego de una acelerada carrera, llegaron al departamento de Ramiro. Durante el camino, él les explicó de lo que se había enterado la noche anterior, de cómo y cuánto tiempo Franklin llevaba robándoles y de la manera que había planificado seguir con la operación sin él. En la mitad del trayecto y pese a la rápida carrera que llevaban, hizo una histriónica pausa y les preguntó si seguirían con él como líder o cada uno seguiría por separado. Quería estar seguro de que sus amigos estarían con él antes de llegar a su departamento, ya que temía que le pudieran robar la droga que aún estaba almacenada en su guarida. Los conocía desde hace tiempo y sabía que carecían de iniciativa y que se habían acostumbrado, al igual que él, a tener dinero todas las semanas, por lo que intuyó que le serían leales; de todas maneras, debía estar seguro y por eso, según su plan, los detuvo en el camino y les preguntó qué opinaban acerca de lo que había ocurrido unos momentos antes. Ambos consideraban que Frank se merecía el castigo, incluso si había muerto, pese a que aún no asimilaban el haber sido engañados tanto tiempo por quien habían considerado su amigo desde la infancia. Fue así como Ramiro, sin habérselo propuesto sino hasta un día antes, se encontró liderando una naciente banda de tráfico de marihuana.

Entendiendo que necesitarían nuevos proveedores, Ramiro se comprometió con sus amigos a que aprovecharía el verano que venía para ampliar la red de suministro.

Década de los 80, Santiago, Chile

Camila había pasado gran parte de su infancia en diferentes países de África y la última parte en Chile. Sus padres eran de Jamaica y Estados Unidos, y ella había crecido como una joven cosmopolita, culta y con una sensibilidad especial que, sumada a su belleza, la hacía ser admirada por hombres, mujeres, jóvenes y adultos. Pareciera que todos la querían de inmediato, sin embargo, y pese a esta abundancia de cariño y aceptación, solo se había enamorado una vez en toda su vida. Hace cerca de una década y, lo que pareció algo mágico por más de un año, se había destruido en solo algunas semanas.

Ana, su mejor amiga desde que había llegado a Chile siendo una niña, sentía una atracción casi morbosa por salir junto a Ramiro y a Jano. Pese a que ellos les llevaban más de diez años de diferencia, Ana los veía como a unos niños que disfrutaban cada cosa nueva que veían. Sabía que habían crecido en una pobreza que ella solo podía imaginar lejanamente y admiraba cómo ambos iban surgiendo en la vida. Sin embargo, a Ana le daba un placer especial que sus amigos de universidad vieran a esas dos guapísimas estudiantes con las que todos querían tener una cita, compartiendo con dos hombres que eran mayores y, a todas luces para los estándares del país, de una clase social inferior a la de ellas. Para Ana – que había crecido en el seno de una de las familias más tradicionales del país, gracias a su abuelo materno, un poderoso empresario de la industria minera – las reuniones con ellos dos eran casi un pasatiempo, que disfrutaba incluso con algo de crueldad, pero que hacía más que nada, para acompañar a su amiga que parecía ignorar las evidentes diferencias.

A Ana, pese a su belleza natural y a su posición social, siempre le había traído beneficios estar con Camila. Desde pequeña tuvo problemas para hacer amigas, hasta que Camila llegó a su sala de clases y, sin quererlo, observó que, siendo amiga de ella, las otras chicas comenzaron a aceptarla también. Más adelante, los chicos también comenzaron a invitarla a salir cuando sus amigos invitaban a Camila. Pese a que Ana adoraba a su amiga, siempre tuvo cierta dependencia de ella y a veces se encontraba, muy a su pesar, sintiendo algo de envidia.

Una de esas veces fue cuando el primer día de universidad las invitaron los alumnos de segundo y tercer año a la tradicional iniciación que habría terminado en un baño de huevos y fruta podrida, vinagre y probables cortes de pelo, si no hubiese sido porque un guapo chico de tercero las sacó por un costado, con la complicidad del resto de los alumnos que no se atrevían a contradecirlo. Una vez afuera les dijo, mirando fijamente a Camila, que le debían un almuerzo y que les deseaba mucha suerte en la carrera, tras lo que desapareció volviendo al interior de la sala de la que las había sacado unos minutos antes. Pese a que Ana estaba aliviada, intuía que, de no haber estado su amiga ahí, su pelo sería más corto y sus ropas estarían sucias y fétidas.

Unas semanas después, para acompañar a uno de sus nuevos compañeros que participaba ese día, fueron junto con un grupo grande del curso a ver una competencia ecuestre. Antes de que el evento comenzara, desfilaron los participantes y Camila no pudo sacar los ojos de encima del chico que montaba a un impresionante potro negro y que las había rescatado unas semanas antes.

A la semana siguiente, en la universidad y mientras iba de una clase a otra, Camila se lo cruzó en el pasillo, le quiso decir algo, pero se puso sumamente nerviosa por lo que en silencio bajó la mirada y aceleró el paso. De improviso, sintió que le tocaban el hombro y, mientras se volteaba escuchó:

– Hola, los rescates no son gratis, pero te cambio el almuerzo que me debes por tu nombre – tras lo que agregó, con una sonrisa que congeló a la joven – Soy Allen.

Comenzaron a salir y descubrieron que no solo coincidían en los estudios, sino que, además, sus familias tenían casas fuera de la ciudad en la misma zona rural y ambos amaban la vida en la naturaleza, los caballos y el uno al otro.

Casi había terminado el segundo año de universidad cuando Camila recibió una llamada de su madre desde Estados Unidos. Le pidió que por favor se contactara con Jano y Ramiro, de quienes no había sabido nada hace tiempo.

Camila adoraba a esos dos personajes que había conocido en Namibia siendo una niña y que se habían transformado en parte de su familia. Llamó al número del trabajo de Jano y acordaron reunirse al día siguiente. Jano le dijo con su risa picarona que invitara a su amiga "Anita" como le decía cariñosamente. Un amigo de ellos iba a inaugurar un restaurant y él y Ramiro estaban invitados especialmente, por lo que podían ir los cuatro.

Camila mantenía totalmente separados sus mundos. No porque ella quisiera, sino porque su novio Allen se iba casi todos los fines de semana al impresionante campo de su familia en el sur y, pese a que ella lo acompañaba a veces, los estudios y su alegre vida social la mantenían en la ciudad.

Para ella, era la relación más seria que había tenido y se sentía absolutamente cómoda con la libertad de la que ambos gozaban, los espacios que se daban y los que compartían. Allen era alegre pero misterioso, muy sociable pero no le molestaba y hasta disfrutaba estar solo. Camila se dio cuenta que se estaba enamorando. Era la primera vez que se imaginaba seriamente con una familia y un hombre a su lado.

Le dijo a Ana de la invitación de Jano y le preguntó si quería acompañarla. Ana aceptó con una risa burlona y nerviosa.

Una vez que dieron con la dirección del restaurant se sorprendieron de lo lujoso que era. No lo dijeron en voz alta, pero ambas pensaron lo mismo cuando hablaron de ir a un restaurant invitadas por los amigos de Camila. Se habían imaginado algo bastante más pequeño, modesto y de no tan buen gusto, como los lugares en los que se reunían dos o tres veces al año para intercambiar algún regalo de cumpleaños o de navidad.

Durante la comida se rieron bastante. Ellas probaron muy poco, pues todo se veía grotesco, servido en porciones enormes, grasoso y poco fino. Pese a lo bien que se veía el restaurant, no era mucho del estilo de ellas. La gente les llamó la atención. Les parecía una mezcla bizarra de personas. Además de una especie de jerarquía que parecía haber en varias de las mesas –donde unos acaparaban toda la atención y otros parecían buscar aprobación –, la mayoría de las personas les parecían bastante chabacanas. Los hombres vestían camisas tropicales y gruesas cadenas de oro en el cuello. El exceso de maquillaje que llevaban las mujeres y los vivos colores de las pinturas de labio hacían de la escena algo llamativo, que no tenía nada que ver con clases sociales sino que, según ellas, con un mínimo sentido del gusto o entender el clima frío de la ciudad donde vivían. Cerca de una hora después de que llegaran y conversaran animadamente los cuatro, había empezado a sonar muy fuerte la canción *Fallaste Corazón* de Cuco Sánchez y algunas parejas se ponían a bailar abrazados en una improvisada pista al centro del lugar. Cuando Jano comenzó a mirar a Ana de una manera en la que ella intuyó que sería invitada a la pista de baile, le hizo la pre acordada señal a Camila para que se fueran, lo que ocurrió algunos minutos después, tras las sentidas disculpas de las chicas por tener otro evento.

El barrio, que ellas no habituaban, ofrecía una vida nocturna bastante animada, por lo que decidieron caminar un poco y ver los locales que parecían nuevos y divertidos. Iban conversando alegremente y bastante asombradas por el espectáculo que veían y que parecía repetirse casi todas las noches en su ciudad, sin que ellas se enteraran. Se decidieron por entrar al lugar que parecía estar más lleno de gente y desde donde se podían escuchar las notas de un saxofón. El padre de Camila, que había muerto hace algunos años, amaba el jazz, por lo que ella casi empujó a su amiga hacia el lugar cuando escuchó la música. Una vez adentro, observando al animado cuarteto que tocaba, Ana le dijo a Camila que había conocido al padre de sus hijos, apuntando al guapo saxofonista que tocaba en el escenario. Varios minutos más tarde, cuando él anunció que tocarían el último tema de la noche, pidió que se hiciera un silencio absoluto pues realizaría un acto de magia con su saxofón. Camila sintió que se le erizaba la piel cuando escuchó el inconfundible paso de la primera a la segunda nota del tema favorito de su padre y mantuvo un hipnótico silencio hasta el final e incluso varios segundos después. Cuando el intérprete bajó del escenario, ambas jóvenes se apresuraron a conversar con él. Así fue como Ana selló su destino con el de Franco, aquel día que desencadenaría la serie de eventos que terminaron cuando nos fuimos, tiempo después, al sur, con un grupo de amigos, a pasar unos días a la casa de Camila.

Década de los 90, Santiago, Chile

Camila no había vuelto a ver a Allen desde que golpeó la puerta la mañana en que había amanecido en mis brazos. De todos los lugares con los que Camila soñó encontrándose con él casualmente, jamás imaginó que sería en la sala de espera de una cárcel. Por eso, cuando lo vio, inicialmente vaciló por unos segundos, dudando de que aquel hombre fuera el joven que había amado y que había roto su corazón diez años antes. En varias ocasiones durante esos años había creído verlo a lo lejos, pero tras acercarse nerviosamente, se daba cuenta de que la persona no tenía más que un lejano parecido. Sin embargo, en esa ocasión no tenía dudas.

A diferencia de la primera vez que se cruzaron en el pasillo de la universidad, dejó la vista fija en él, sin decidirse a tomar la iniciativa, esperando que sus miradas se cruzaran. Él aún no la había visto. Titubeó. Bajó la mirada. Pensó que quizás, sería menos incómodo salir de la sala para volver media hora después. Sabía que Allen no había terminado la carrera de Derecho tras la muerte de sus padres, por lo que no podía imaginar qué estaba haciendo él en ese lugar. Camila volvió a mirar hacia el frente y sus ojos se encontraron con la mirada profunda y silenciosa de la que se había enamorado muchos años antes.

Simplemente, con una alegría que de manera genuina y en un instante había desplazado a los nervios, sonrió y esperó provocadoramente a que él hablara. Se sentía exactamente igual que cuando era su novia, estaba cómoda y no percibía ninguna tensión entre los dos, lo que la había sorprendido un poco. Luego, recordó la calma y paz que él siempre le transmitió. Cuando por fin Allen dijo algo sintió que el tiempo pasaba en cámara lenta. Se levantó de la silla en la que estaba y se paró frente a ella a un metro de distancia. Camila se puso de pie con alevosa lentitud, le dio un tenso abrazo y, al sentir los fuertes brazos de Allen apretarla contra su cuerpo, inmediatamente se relajó y disfrutó de los recuerdos que parecían haber sobrevivido en el tiempo para reaparecer en esos instantes. Se mantuvieron así unos segundos y caminaron en silencio hacia dos sillas vacías que estaban al final de la sala, opuestas a la puerta de entrada.

No alcanzaron a cruzar más que unas palabras, cuando llamaron a Allen para que comenzara su visita. Mientras él se levantaba nuevamente de su asiento, Camila, al oír el nombre del reo con el que se reuniría Allen, no pudo entender cómo podía ser la misma persona a la que ella iba a ver. No alcanzó a preguntarle nada, ya que Allen le dijo que la esperaría a la salida para seguir conversando, y desapareció tras la puerta, siguiendo al gendarme que lo había llamado segundos antes.

Década de los 60, Santiago, Chile

Lo primero que pensó Jano fue que su amigo de toda la vida había robado la guitarra que le había regalado. Sin embargo, cuando se lo negó antes de que le preguntara, le creyó de inmediato. Pese a que habían sido inseparables hasta la vuelta del viaje, notaba que sus caminos se estaban bifurcando. Siempre supo que eran diferentes. Crecer sin ninguna estructura deja una huella que no se ve, ya que se lleva por dentro. Y claramente generaba capas de experiencias a las que él nunca había sido expuesto. Se sabía más inocente que Ramiro producto de haber sido criado con un padre y una madre que siempre le habían entregado valores de esfuerzo, trabajo y la esperanza en un futuro mejor de la que carecía su amigo. La mañana en la que cumplió dieciocho años su padre le había regalado clases de conducción que le daría él mismo y una billetera de cuero para que pudiera guardar su licencia de conducir, cuando la obtuviera. Durante dos semanas, todos los días practicaron en el Citroën 2CV (conocida popularmente como la "Citroneta" por la mezcla de las palabras Citroën y Camioneta) que había sido armada en una planta en la ciudad de Arica, casi una década atrás y que su padre había comprado el año anterior en muy mal estado. A diferencia de las que se veían en las calles por esos días, de cuatro puertas, esta tenía solamente dos y un maletero. Pero, al igual que todas, el motor se enfriaba mediante un gran y sonoro ventilador que anunciaba su paso incluso con cuadras de anticipación.

Jano se imaginó entrando a la universidad más de alguna vez, pero siempre supo que no contaba con los medios para hacerlo. Una carrera técnica tampoco era algo que le interesara ya que siempre soñó con ser piloto y poder volar alguno de los grandes aviones Douglas o Boeing de las líneas aéreas LAN Chile o LADECO. Pocos meses antes de su cumpleaños había volado, ni más ni menos, que en un Boeing 707 y sintió que su sueño se acercaba, pese a que iba solamente de pasajero rumbo a África.

Para hacer algo de dinero, y sin tener claro nada en su futuro, siguió las peticiones de su padre que, en realidad eran órdenes, para trabajar con él como asistente haciendo reparaciones e instalando artículos de gasfitería. Pasado un tiempo durante el que había estado ayudando a su padre, uno de los clientes habituales que tenían y que parecía ser un hombre con mucho dinero, le había preguntado si sabía conducir un automóvil y si tenía licencia, a lo que Jano contestó afirmativamente en ambos casos, tras lo cual fue contratado como conductor del hijo de aquel hombre. Manejaría un elegante Mercedes Benz.

Diez años después, gracias a su trabajo arduo, honesto y responsable Jano recibió un reloj con una inscripción que dejaba en evidencia la década prestando servicios. Lo utilizó con orgullo.

Ramiro había pasado todo ese verano recorriendo diferentes lugares de mala muerte para intentar dar con proveedores de marihuana. Sin haber cortado los lazos aún con el tío de Franklin, pensaba que, si se enteraba de que había matado a su sobrino, probablemente perdería esa conexión, quedaría sin suministro y, por lo tanto, sin el flujo de dinero al que él y sus amigos se habían acostumbrado. Las clases comenzarían pronto y, aún, no encontraba a alguien que pudiera entregarle la cantidad que estaban vendiendo antes del verano. Pensó que, si compraba a varios proveedores diferentes, quizás podría lograr llegar al volumen que necesitaba.

Hacía calor y se había sentado en una banca en la calle que estaba a diez metros de la puerta de su cuarto de alquiler. Pensaba en su amigo Jano y en que era el primer verano que pasaban separados. Le había ofrecido trabajar en la que ahora era su banda, pero Jano le había dicho con cierto desprecio, que prefería el trabajo honesto con su padre; que, aunque ganara menos, no hacía nada ilegal; y que no quería terminar como Franklin, aquel chico de la escuela, unos años mayor que ellos, que se había ido preso y nadie había visto hace semanas por el barrio – lo que había sido un alivio en realidad para mucho de sus amigos.

De manera totalmente inesperada, Ramiro vio cómo el tío de Frank se acercaba al lugar y se preparaba para golpear su puerta. Divertido vio cómo esperaba impacientemente a que alguien respondiera. Luego de estudiar su lenguaje corporal, su actitud y asegurarse de que iba pacíficamente, le gritó su nombre y lo invitó a sentarse con él, diciéndole cuando estuvo más cerca y en una voz pausada, que el calor era insoportable dentro de la habitación. Sin embargo, pese a que eso era verdad, Ramiro prefería un lugar público para asegurarse de que no sufriría ningún tipo de venganza.

Conversaron de cosas del barrio y Morris le preguntó brevemente si había sabido algo de Frank, su sobrino. Ramiro respondió subiendo sus hombros y con una mueca en signo de que no había sabido nada. Dándose por satisfecho, aunque no le interesaba mucho en realidad, el tío de Frank le preguntó si tenía clientes interesados en cocaína. Después de un tenso silencio, Ramiro le dijo con agresividad acentuada por la pregunta anterior sobre Franklin, que no se metería en eso, las penas de cárcel eran bastante más serias que las por tráfico de marihuana, que casi ni era visto como un delito. Tras otro silencio, el tío le dijo unas palabras al oído y, mientras alejaba su cara pudo observar cómo Ramiro tragaba saliva y miraba al cielo. Luego le estiró la mano y tras un fuerte apretón le dijo que él se encargaría.

Ramiro acababa de escuchar una cifra de dinero que no había imaginado ni en sus más ambiciosos sueños. No podía entenderla de hecho, porque solo tenía una vaga idea de lo que eran los dólares, pero instintivamente supo que lo que le habían susurrado en el oído valdría el riesgo y también sabía que sus clientes en la universidad comprarían bastante cocaína pues le habían pedido en algunas ocasiones para diversas fiestas y él, aunque sospechaba lo lucrativo que era, también sabía del peligro que acarreaba traficar. Les había respondido casi instantáneamente que él no trabajaba en eso.

Solamente en aquel año, Ramiro vería más dinero del que, hasta hace un tiempo, habría pensado tener en su vida y, lo mejor de todo, era que, al venderle a estudiantes de Derecho, aprendía bastante del mundo legal relacionado a su actividad y de cómo esconder bien el dinero. La banda terminó el año con veinte personas, sin embargo, solo dos conocían al cabecilla, el resto dependía de una red básica que había construido con sus dos amigos y cómplices, donde él se encargaba del suministro y ellos de la venta, siempre rindiéndole cuentas a Ramiro.

La red inicial se fue haciendo más grande e intrincada con los años llegando a tener contratado a un abogado tiempo completo, contadores y gerentes de varias empresas que había comenzado a utilizar para blanquear el gran volumen de dinero que su organización estaba haciendo. Uno de sus amigos había sido arrestado, pero, tras llegar a un acuerdo por ser su primera ofensa, no se había ido preso. Le dijo a Ramiro que no volvería a la banda. Ramiro no tomó represalias contra él y ascendió a otro de los jóvenes como su lugarteniente. Pese a que mantuvieron contacto después de que se salió de la banda, la relación fue haciéndose más distante con el tiempo, principalmente, debido a la elección profesional de su amigo, quien ingresó a estudiar por dos años.

Mucho tiempo después, durante la animada inauguración de un restaurant que había comprado a nombre de una sociedad y sin que nadie supiera que le pertenecía, tras haber tomado bastante e inclinándose en la mesa que compartían con sus dos amigas, le ofreció a Jano hacerse cargo de un negocio automotor de compra y venta, sin embargo, su amigo, con el que se seguía viendo socialmente en algunas ocasiones, le repitió que no quería tener nada que ver con sus negocios y que estaba bien trabajando honestamente, tras lo cual y para cortar el tema de raíz, invitó infructuosamente a bailar a una de las dos chicas que estaban en su mesa. Luego de que Ana y Camila se fueran unos minutos después, Ramiro, sintiéndose ofendido por la respuesta que le había dado su amigo a la propuesta de trabajo que le había hecho, burlonamente le gritó que trabajar para él no era peor que haber querido ser piloto y haberse conformado con ser conductor de un ricachón. Le habría gustado poder retirar esas palabras que habían ofendido a Jano, quien, tras mirarlo en silencio, se paró y se fue.

Mientras Jano se alejaba caminando por la calle, ofuscado, vio a lo lejos a Camila y Ana entrando a un local.

Ramiro se había preocupado de cada detalle de su millonario negocio. Aparte de la ropa, no gastaba mucho en otras cosas. Vivía en una casa normal pese a que tenía muchas propiedades a nombre de sociedades que habían formado sus contadores, abogados y varios empleados que trabajaban solamente en la administración de sus negocios y bienes. Se había preparado bien en diferentes ámbitos y estaba seguro de que estaba cubierto frente a cualquier acusación de tráfico de drogas o lavado de dinero.

Pese a todo el cuidado que había puesto en cada detalle y a que contaba con excelentes abogados, nada podía prepararlo para el día en que lo fueron a arrestar acusado de homicidio.

Cuando Allen salió diez minutos después, Camila aún estaba en la sala de espera. Allen se acercó para conversar, pero no alcanzó ya que la llamaron justo en ese momento para reunirse con Ramiro. La cara de sorpresa de Allen al escuchar el nombre fue casi tan grande como la de ella minutos antes cuando lo habían llamado a él. Le tomó la mano para retenerla y ella le dijo rápidamente, "soy su abogada, conversamos cuando salga".

Treinta minutos después estaban cruzando la calle para subirse a sus respectivos automóviles. Habían acordado reunirse en un café cerca del departamento de Camila ya que, sin explicitarlo, ambos sabían que la cárcel no era un buen lugar para aquel reencuentro.

Ya sentados en el café, comenzaron a conversar mientras trataban de evitar hablar del pasado o preguntarse acerca de sus vidas personales para evitar sorpresas. Allen le explicó que Ramiro era el hijo de Fernando, quien se encontraba estable, pero hospitalizado hace varios días y le había pedido, en lo que sentía como un último deseo, que encontrara a su hijo e intentara que lo fuera a visitar. Luego de una infructuosa búsqueda que había durado algunos días, uno de sus abogados le avisó de la detención, por eso lo había ido a visitar a la cárcel ese día. Allen le aclaró que no lo conocía, ya que él no había nacido cuando Ramiro había abandonado El Destino con su madre. Tampoco sabía que Fernando tenía un hijo y se había sorprendido cuando le solicitó lo único que le había pedido jamás.

Camila, que aún no podía creer la coincidencia, le contó a Allen acerca de cómo lo había conocido en África cuando era una niña; lo especial que era Ramiro y Jano para su madre; cómo los había visto toda su vida como una especie de hermanos mayores o tíos; y que este caso la afectaba enormemente ya que no podía creer los cargos que se presentaban contra Ramiro, quien, estaba segura, era inocente y se trataba solo de un error.

La reunión de Allen en la cárcel había sido muy extraña ya que Ramiro pensaba que se trataba de uno de sus abogados que le traía información y, al percatarse que Allen iba de parte de su padre, se había alterado, no por la relación con Fernando, sino que porque estaba destrozado emocionalmente y quería salir de prisión cuánto antes para lo que había contratado a los abogados más caros del país.

Para Allen, ver a alguien acusado de asesinato alterarse de esa manera no era algo que esperaba ni tampoco le había parecido algo agradable, sobre todo, porque iba en una misión casi humanitaria y tan solo unos días antes se había enterado de que Fernando tenía un hijo.

Cuando Ramiro se calmó, varios segundos después, Allen le pidió disculpas y se dirigió hacia la salida. Llevaba pocos pasos cuando escuchó una voz más calmada que le pedía que volviera, sin disculparse por el arrebato anterior – en donde había crecido Ramiro las disculpas no existían. Le dijo que por favor le diera un tiempo ya que él era inocente, que ya tenía un plan para demostrarlo y que no le dijera aún a Fernando que su hijo estaba en la cárcel.

Recordaba que su padre era parecido a los padres de Jano, un hombre de valores, que creía en el esfuerzo y en el trabajo honrado. Pensó varias veces, sobre todo en momentos de dura soledad, en visitar a su padre, pero entendía que, a pesar de que hace tiempo tenía más dinero que sus jefes, en el momento en que sospechara cómo lo había obtenido, la relación se volvería a quebrar, por lo que desistió, entendiendo que las razones por las que quería verlo no eran las adecuadas. Una vez, pidiéndole a uno de sus empleados que actuara como un potencial comprador, había ido a El Destino sentado en el asiento del acompañante y, sin bajarse del automóvil, pudo observar a su padre, al que pese a reconocer de inmediato, encontró envejecido en comparación con el hombre que recordaba. Sintió compasión y tuvo una sensación de no estar solo en el mundo, la que pronto olvidó cuando vio a un joven de unos veinte años acercarse cariñosamente y abrazar a su padre. La escena le generó rabia, volvió a su mente lo que le había dicho su madre cuando era un niño y pensando que podría ser incluso un hermano, le hizo una seña a su empleado, el que se excusó bruscamente con Fernando y Allen para volver al automóvil en el que retornaron, sin pausa y en silencio, a la ciudad.

Cuando un minuto después entró Camila y Ramiro le repitió que él era inocente, ambos se quedaron mirando tiernamente. Le juró que él no había sido el asesino de Jano y que, costara lo que costara, encontraría al culpable. Ella debía tener fe en él. Camila le rogó que no fuera testarudo y que la nombrara su abogada, necesitaba acceso a revisar el caso o, al menos, que la incluyera en el equipo de sus costosos abogados. Ramiro se negó ya que no quería que Camila se enterara o sospechara de la forma en la que se ganaba la vida, pese a que ella desde la fiesta de su madre, meses atrás, lo intuía. Finalmente, accedió a que visitara la oficina de sus abogados y revisara el material allá, quería estar seguro de que solo tuviera acceso a lo que él aprobara y no a toda la información del caso.

Dos días después, Camila volvió con una gruesa carpeta con anotaciones. Cuando se la habían entregado y visto su contenido, le vino a la memoria que su madre le dijo un par de veces, riéndose, que cuando conociera a alguien, se fijara primero en sus zapatos, poniendo especial atención en si eran cómodos y le servirían para recorrer largas distancias junto con ella. Que el resto, modales, físico, defectos e incluso el dinero podría verlo o conocerlo después con el tiempo, pero si no tenía calzado adecuado para recorrer el mundo con ella, no era alguien adecuado para la hija que ella conocía. Allen había pasado la prueba de inmediato con su calzado de travesía.

De alguna forma, quizás producto de lo que le repetía su madre bromeando por el carácter aventurero de su hija, le había hecho ser una especie de experta en zapatos, se fijaba mucho en estos y, a veces, lo hacía casi como una compulsión.

Camila le confirmó a Ramiro que había pocas pruebas en su contra, pero que eran suficientes como para mantenerlo detenido por el tiempo que durara la investigación, aunque, con un plan de maniobras legales, lo podrían sacar. Solo estaba el arma homicida, sin sus huellas, y la llamada anónima que lo delató.

Unas fotos de la escena del crimen de las que había pedido copias, captaron la atención de Camila. Las puso sobre la mesa y, con la parte de atrás de un lápiz, le mostró a Ramiro unas huellas claramente definidas al lado del cuerpo de Jano. A ella le había impactado ver la foto del maltratado cuerpo cuando las vio el día anterior, sin embargo, ahora no le afectaba tanto.

Le explicó que encontraba muy extraño que la profundidad de varias de las huellas en las fotografías fuera diferente y que las suelas que habían dejado esas marcas sobre la tierra húmeda parecían especiales. Todo indicaba que la persona que había estado por última vez junto al cuerpo de Jano cojeaba permanentemente. La cara de Ramiro palideció de inmediato y dejó en evidencia para Camila que su amigo parecía saber a quién pertenecían esas huellas.

No sabía dónde estaba ni tampoco sentía su cuerpo. Cuando recién despertó, pensó por un segundo que estaba muerto, sin embargo, el ruido de la calle lo hizo volver en sí rápidamente. Comenzó a toser de manera compulsiva mientras, con las manos magulladas y entumidas, intentaba moverse y salir del río que, en esa parte, tenía solo unos centímetros de profundidad. El frío también había entumido sus músculos y le impedía responder bien; al menos, bloqueaba el dolor o cualquier respuesta que Franklin quisiera obtener de su cuerpo. No recordaba cómo había llegado ahí, actuaba por instinto, de manera refleja, intentando salir del charco en el que se encontraba y esforzándose por parar de toser sin control. Se arrastró unos metros hasta que estuvo en un lugar seco y, con mucho esfuerzo, se sentó colocando su cabeza entre las piernas, intentando volver a controlar su respiración. Pudo observar, pese a la oscuridad, que sus pantalones estaban rasgados en varias partes, probablemente por los golpes de las rocas y que estaba descalzo en un pie. Cuando por fin había recuperado el aliento, intentó pararse y, al apoyar las manos en el piso, se dio cuenta de que las tenía totalmente ensangrentadas. Por reflejo se las llevó cerca de sus ojos y pudo ver cómo caían gotas de sangre sobre estas. En cuanto se tocó la cara y habiendo comenzado a entrar de a poco en calor, empezó a sentir un intenso dolor que fue incrementándose en todo su cuerpo. Al sentir su rostro hinchado y deforme recordó instantáneamente lo ocurrido. Con muchísima dificultad caminó hacia la salida de la ribera que daba a la avenida por la que transitaban pocos vehículos y peatones a esa hora. Miraba constantemente en todas direcciones de manera instintiva ya que intuía que, los que hasta hace un par de horas eran sus compañeros de banda, podrían estar buscándolo. Sentía dolor en todas partes, tenía la rodilla muy hinchada por la patada desestabilizadora que le diera Ramiro y la otra pierna, con la que hace tiempo cojeaba, estaba descalza probablemente por algún golpe en el río. Comenzó a costarle demasiado caminar por lo que buscó, sin distinguir muy bien, algo en la ribera que le sirviera para apoyarse y poder moverse. A unos metros vio lo que parecía haber sido una escoba alguna vez, recogió el palo y descansó aliviado su peso en él, clavándose pequeñas astillas en la mano, sin que esto le importara demasiado. Suspiró tranquilizándose pese al dolor y, luego de un breve descanso, caminó muy despacio apoyado en el improvisado bastón.

Cuando por fin logró llegar a la vereda de la avenida, intentando infructuosamente no llamar la atención, evidenció la gravedad de sus heridas por la reacción de las personas con las que se cruzaba, quienes, con muecas de espanto, intentaban alejarse descaradamente y sin ninguna compasión. Por suerte para él, a esa hora no había mucha gente.

Reconocía bien el lugar donde se encontraba y sabía que estaba a un par de kilómetros del puente en el que había sido traicionado por su banda. Sabía de sobra que Ramiro se había quedado corto en las acusaciones, ya que llevaba ganando bastante más que el resto de diferentes maneras; pero, lo que no podía entender era cómo se había enterado, ya que siempre fue sumamente cuidadoso. Intentó rabiosamente adivinar mientras avanzaba cada vez con mayor dificultad hacia la casa de su tía. Estaba seguro de que, cuando le contara lo ocurrido al marido de ésta, él le ayudaría a vengarse de sus agresores. Se entretuvo pensando en las diferentes maneras en que podría vengarse, sabía que, pese a que su tío en público se mantenía alejado de la vida criminal, en realidad era una persona muy violenta y, de seguro, ardería en cólera cuando viera a uno de sus socios principales en ese estado y supiera quiénes habían sido los responsables. Tuvo que detenerse a descansar en varias ocasiones, el dolor era insoportable y sentía cómo las heridas de las piernas se abrían cada cierto tiempo producto del movimiento. La cara le palpitaba de una manera que habría sido graciosa si no viera caer gotas de sangre mezcladas con las de sudor que le recordaban lo herido que estaba.

Cuando por fin llegó a su barrio, estaba recién comenzando a amanecer e intentó mantenerse alejado de las zonas más habitadas para evitar ser visto, ya que temía que algún vecino pudiese alertar a la banda. Finalmente, logró llegar a la calle donde tantas veces había ido a buscar los pagos. Cuando estaba a unos cincuenta metros de distancia vio a su tío, aún en semi oscuridad, salir de su casa y abrir la puerta de la camioneta que estaba estacionada justo al frente. Lo vio sacar, amontonados sobre sus brazos, cuatro o cinco paquetes que tenían la cubierta rota. Reconoció inmediatamente que eran los que ellos habían rechazado dos días antes. Estaba a punto de hacerle señas y hablarle cuando, como un rayo y pese al cansancio, su cerebro se puso a funcionar y le entregó la respuesta de manera inmediata a la pregunta que lo había atormentado desde que salió agonizante del río. Había sido él quien le había comentado a Ramiro acerca del dinero. Era la única explicación y significaba que su tío también estaba enterado de que le robaba a su banda y a él. Retrasó el palo de escoba y lo utilizó como eje para, apoyando todo su peso y sintiendo un dolor agudo, dar una rápida vuelta y caminar en dirección opuesta. La maniobra fue tan aparatosa que, desde el portal de su casa y sin reconocerlo debido a que de espaldas parecía un anciano con problemas para desplazarse, su tío pensó en ir en ayuda de aquel desdichado personaje, idea que desechó enseguida cuando recordó la carga ilegal que llevaba sobre sus propios brazos. Olvidó al anciano, entró a la casa y cerró la puerta tras de sí.

Franklin comenzó a llorar de rabia mientras se alejaba lo más rápidamente que podía del lugar que era invadido lentamente por la luz del sol que asomaba tras las montañas. Se secaba la mezcla de lágrimas, sudor y sangre con el dorso de su mano izquierda, mientras afirmaba con fuerza el palo de escoba que seguía clavándole astillas con la mano derecha.

Luego de media hora, y con mucho esfuerzo, llegó a un gran sitio eriazo donde sabía que botaban escombros. Se ocultó tras una pila de cajas de cartón y se echó al suelo, casi desplomándose. Se recostó mientras el sol, muy suavemente, iba calentando su cuerpo de a poco.

Se quedó dormido y despertó, bruscamente, dos horas después con el fuerte sonido de un camión botando escombros a varios metros suyo. Entendiendo que no podía ser descubierto, se sentó y, ya con luz, comenzó a revisar su cuerpo para entender la gravedad de sus heridas. Aún no podía verse la cara, sin embargo, al tacto no la reconocía y el dolor era muy intenso en su nariz, la mandíbula y la parte superior trasera de su pómulo derecho, casi llegando a la cuenca del ojo, el cual apenas podía abrir. Había estado en varias peleas, pero nunca lo habían golpeado de esa manera, ni siquiera en su tiempo en la cárcel. Entendió que solo había sobrevivido porque lo habían dado por muerto. Sabía que Ramiro era un tipo pacífico pero capaz de una violencia feroz si perdía el control, había estado al lado suyo en varias riñas contra bandas de otros barrios y siempre habían salido victoriosos. No entendía bien qué rol había jugado el marido de su tía en el castigo que había recibido, pero intuía que lo había organizado todo, quizás para quedarse con su parte y manejar él mismo a la banda. Estaba seguro de que Ramiro, pese a ser muy inteligente, era incapaz de planear algo así. El error que cometía Franklin, sin darse cuenta, era producto de que en su mente no había dejado de ver a Ramiro como aquel niño desamparado, dos años menor que él. Y estaba seguro de que sus amigos carecían de la inteligencia y personalidad necesaria para intentar hacerse cargo de la banda.

Lo decidió en ese instante, la venganza iba a ser brutal, no sabía cuándo la llevaría a cabo, pero sí sabía contra quiénes y, para el caso de su tío, también sabía cómo. Miró el palo de escoba y, luego, se incorporó.

Había ido escondiendo su dinero en diferentes lugares, pero más de la mitad estaba oculto en una habitación que había alquilado, sin que nadie supiera, en el centro de la ciudad. Era la guarida que tenía para ocultarse en caso de que la policía lo buscara. Iba solamente a esconder dinero una vez al mes y, para asegurarse de que nadie lo viera, ocultaba su cabeza con el gorro de su polerón. Pese a que, hasta el día anterior confiaba totalmente en la lealtad de los miembros de su banda, nunca le habló a nadie de ese lugar para no correr el riesgo de que lo delataran en caso de verse interrogados por la policía o bandas rivales. Una vez que se sintió con fuerzas suficientes, aunque el dolor no había disminuido, se apoyó en el improvisado bastón y se alejó del lugar lentamente apretando aun más el palo que, a esas alturas, era lo que le permitía mantenerse en pie y desplazarse lentamente, pese a clavarle pequeñas astillas.

No tenía dinero ni tampoco las llaves de su cuarto, no sabía si se le habían caído durante la pelea o si todo se había ido por el río la noche anterior. Comprendía que sería demasiado peligroso intentar forzar la entrada del lugar con el aspecto que tenía, por lo que decidió esperar hasta que anocheciera y descansar en algún lugar cercano. Se sentó en el banco del parque que estaba a dos cuadras del lugar, llevaba ahí cerca de cinco minutos cuando comenzó a sentir hambre y recordó que no había comido hace casi un día. Se volvió a levantar con bastante dificultad y recorrió el lugar buscando en los basureros algo que le sirviera para alimentarse. No era la primera vez que había tenido que hacer eso en su vida. Encontró un sándwich a medio comer sobre uno de los bancos, lo cogió y volvió al banco en el que estaba originalmente, desde donde tenía una vista completa a las calles que daban a la entrada de su cuarto. Cuando intentó darle una mascada al pan, sintió un dolor intenso y la carencia de movilidad en su boca. Entendió de inmediato que los daños en su cara eran mayores de lo que había estimado. Trató de soportar el dolor y el hambre lo mejor que pudo. Sin lograr evitarlo, soltó el sándwich y estalló en llanto. Una pareja que pasaba por el lugar tomada de la mano, lo observó lastimosamente. Franklin se dio cuenta, pero ya no le importaba nada. La mujer soltó la mano de su pareja, se acercó y le dejó sobre el banco, a un metro de él, un billete, mientras decía algo que Franklin no alcanzó a escuchar bien, pero que sonó como "que Dios lo bendiga", tras lo cual se alejaron rápidamente. Franklin tomó el billete y lo mantuvo apretado en su mano. Al llegar la noche comenzó a caminar en círculos por las cuadras aledañas buscando algo que le pudiera servir como herramienta. La chapa de la puerta era bastante rudimentaria y él la había mantenido así para no generar sospechas de que había algo valioso en el lugar. Después de quince minutos de caminar con dificultad por las heridas, encontró un tenedor en la vereda, a unos metros de un restaurant. Lo estudió unos segundos, analizando si le serviría realmente, pues el esfuerzo de agacharse a recogerlo sería grande y no quería que fuese en vano. Observó que, uno de los dientes de los costados estaba doblado hacia adelante y que la parte de atrás del mango era bastante delgada, por lo que, en un movimiento que le pareció eterno, se agachó y, tras una pausa para tomar el impulso necesario, volvió a pararse apoyado en el improvisado bastón, su único compañero.

No le costó mucho abrir la puerta introduciendo el borde posterior del mango del tenedor en la hendidura entre la puerta y el marco, presionando hacia abajo y atrás hasta que pudo mover la traba que funcionaba como seguro. Una vez dentro, cerró la puerta y la bloqueó nuevamente con la traba. Observó que estuviera todo en orden por unos segundos y luego fue al baño. Tras mirarse en el espejo no se reconoció, su nariz y mandíbula estaban rotas, fuera de sus lugares e hinchadas. El lado derecho de su cara estaba totalmente inflamado, la parte entre la nariz y el ojo tenían un tono verde que se iba poniendo morado hacia el centro. La cara se había desformado totalmente y tenía heridas profundas en la frente y el pómulo derecho. Se sacó la ropa y se echó sobre la cama, sin siquiera revisar si aún estaba el dinero en su escondite.

Estuvo dos días sin moverse mucho, comiendo solamente unas papillas que logró hacer con algunas conservas que tenía guardadas en el mueble que tapaba el agujero que ocultaba la caja metálica con el dinero y que solo había comprado para ponerle peso y así dificultar que se moviera la pequeña alacena de cincuenta centímetros de altura.

La inflamación y los dolores habían disminuido un poco, pero la cara seguía completamente desfigurada. Se puso a pensar en sus próximos pasos y en el peligro que corría. Estaba solo, no podía confiar en nadie. Se dio una ducha y quedó impresionado con la cantidad de sangre que se mezclaba con el agua que caía en el piso blanco de la tina. Intentó lavarse el pelo, pero en cuanto puso la cabeza bajo el chorro sintió un dolor en el cuero cabelludo que lo hizo saltar hacia atrás en un acto reflejo. Se tocó la cabeza y notó una herida que no había sentido antes, en la parte posterior de su cráneo. Recordó en seguida el seco golpe en la cabeza que se había dado cuando Ramiro cayó encima suyo. En un gesto inconsciente de rabia, empuñó fuertemente la mano izquierda mientras mantenía el equilibrio apoyándose con la derecha en la pared cubierta de sucios azulejos blancos.

Pensó en salir de la ciudad, pero no tenía ningún contacto fuera de su barrio, al que estaba seguro no volvería. Decidió que, en su situación, daba lo mismo salir de la ciudad o del país. Nunca tuvo pasaporte pues nunca se imaginó que lo necesitaría y tampoco sabía cómo sacar uno. Al día siguiente, temprano en la mañana, se puso la muda limpia de ropa que, desde sus tiempos de ladrón, siempre tenía a mano en sus escondites. Salió a la calle tapado con el gorro de su polerón y compró un par de anteojos en la calle para intentar tapar un poco los moretones y no llamar tanto la atención.

Preguntando dio con una agencia de viajes cercana donde le informaron de todos los trámites que debía hacer para obtener un pasaporte. Finalmente, viendo su estado y lo nervioso que estaba, el dueño de la agencia lo invitó a pasar a su oficina e intuyendo la situación, le preguntó directamente cuánto estaba dispuesto a pagar. Franklin sacó un fajo de billetes que traía por si debía huir y lo puso pesadamente sobre la mesa sin decir nada. El tipo salió y al cabo de varios minutos volvió con una carpeta en la mano, seguido por un empleado que vestía un traje café, una gastada camisa amarilla y una corbata tejida, del mismo color que la chaqueta; el conjunto era complementado por unos pesados zapatos negros que, se notaba, no lustraba hace tiempo. Le sacó una foto con una pequeña cámara y le entregó la carpeta con papeles que Frank firmó sin leer y dejó sobre la mesa. El dueño los tomó y, sin pedirle el dinero, le dijo que volviera en ocho días. Luego, le pasó los papeles a su empleado y con el brazo hizo un histriónico gesto donde los invitaba a salir de su oficina. La carpeta quedó sobre la mesa.

Tras ocho días que pasó casi completamente aislado en el cuarto, exceptuando algunas caminatas que hacía tarde en las noches para que el cuerpo no se le entumeciera, volvió a la agencia con el dinero en el bolsillo.

Desde afuera Frank vio que el dueño no estaba en su oficina, por lo que siguió caminando nervioso y, tras avanzar algunas cuadras, volvió sobre sus pasos para comprobar que aún no estaba. Repitió este ejercicio por aproximadamente media hora hasta que por fin vio entrar, a unos metros de distancia, a quien sería su salvador. Esperó un minuto haciendo como que miraba una vitrina y luego entró a la agencia. El dueño lo hizo pasar de inmediato, mediante una seña con la mano.

Frank recibió su pasaporte y lo observó, incrédulo, página por página, pese a que todas estaban vacías y eran iguales, lo que divirtió al agente, quien le preguntó hacia dónde quería comprar el pasaje. No era el primer desesperado que atendía y podía adivinar, por el estado deplorable de su cliente, que sería un pasaje solamente de ida.

Franklin tuvo ocho días para pensar detenidamente las cosas, era una persona a la que no le gustaba improvisar. Debía irse, su venganza tendría que esperar. Le habían comentado acerca del negocio del narcotráfico en Estados Unidos y, aunque no sabía bien cuál era la diferencia entre Miami, Los Ángeles y Nueva York, sabía que eran las capitales de la droga a nivel mundial, sin embargo, las descartó ya que no hablaba inglés. Varias veces bromeó con sus amigos de que irían a Estados Unidos y se casarían con modelos o actrices. Decían que la delincuencia se parecía a la medicina, se podía practicar en todas partes y fue así como comenzaron a tratarse de doctores. Cuando uno de ellos dijo, en alguna ocasión, que el problema con ese sueño era el no hablar inglés, Frank ingeniosamente le había contestado que apenas hablaba bien el español y no sería muy distinto vivir en un país en el que hablen inglés ya que, cuando iba a algunos barrios en su ciudad, le costaba hablar como la gente de su mismo país. Sentado en la oficina mientras pensaba en su destino, se dio cuenta de inmediato que, detrás de la broma, había una realidad ineludible, por lo que queriendo evitarse mayores dificultades y siendo realista, pidió que le emitieran un pasaje para el país que había sido su segunda elección.

Durante el vuelo llegó a sentir terror con el movimiento del avión y, más aún, con la fila que tuvo que hacer para la entrevista con un policía en el aeropuerto, al llegar a Bogotá para hacer la escala.

Cuando por fin llegó a Medellín se relajó. Al salir del aeropuerto y conversar con un taxista, ya más distendido, se divirtió bastante con la forma de hablar de este, nunca había salido de Chile y tampoco había tenido la oportunidad de escuchar muchos acentos extranjeros, pero notó de inmediato la diferencia entre cómo le hablaron en Bogotá y el tono más cantado de Medellín. Se sintió desorientado, nada se parecía a lo que él estaba acostumbrado. Ya no le costaba tanto desplazarse gracias a que la inflamación de su rodilla había disminuido considerablemente y esperaba que, a diferencia de su otra pierna, se recuperara por completo. De todas maneras, mantenía su bastón. Esperaba, también, visitar a algún médico en Colombia ya que, por miedo a salir a la calle y ser reconocido por alguien, no lo había hecho antes de partir.

Le pidió que lo dejara en el centro. El taxista le había dicho minutos antes que, desde ahí, podría moverse a cualquier lugar de la ciudad y alquilar un cuarto o algún departamento por poco dinero.

Llevaba una semana en Medellín. Visitó a un doctor en la Clínica Medellín que le habían recomendado un par de personas. En los días anteriores a su visita, había intentado dar con algún contacto que lo pudiera introducir en alguna actividad criminal o, como él habría dicho en su barrio, dar algún trabajo. Sin embargo, había sido infructuoso ya que la gente no confiaba en un extranjero cojo, pálido y con la cara desfigurada. Cuando dio con la clínica, se percató de que había llegado con bastante anticipación y que quedaba muy cerca del hotel donde se hospedaba. Luego de anunciarse y como era de esperar, le dijeron que tendría que sentarse en la sala que estaba repleta de gente, salvo por el sector lateral donde había solo una persona sentada. Era bastante curioso que las personas que esperaban atención prefirieran aglutinarse en el sector central y dejaran los asientos laterales vacíos, pero, sin pensarlo mucho y como lo habría hecho cualquiera que ignorara quién era el solitario personaje, se dirigió ante la atónita mirada del resto de la sala, hacia el sector vacío y se sentó al lado del otro paciente que esperaba. Inmediatamente después de sentarse, el joven lo miró con una amable sonrisa, a lo que Franklin respondió con un rápido gesto de su cabeza que

137

le produjo un poco de dolor. Viendo divertido la mueca que hizo su nuevo vecino, el hombre le estiró la mano y se presentó: "Jhon Jairo Velásquez Vásquez", lo que causó la risa de Frank que no estaba acostumbrado a escuchar nombres tan largos y le respondió enseguida con un "Franklin" al que agregó "mucho gusto", después de una breve pausa mientras le estrechaba la mano de vuelta.

– Puede decirme Popeye, entonces – retrucó el joven con cara de niño, y luego le preguntó acerca de su acento y, por supuesto, su condición ya que, aunque menos inflamado, Frank aún evidenciaba la paliza que le habían dado cerca de tres semanas atrás. Ambos conversaron distendidamente por cerca de veinte minutos hasta que el hombre al que estaba esperando Popeye salió caminando al lado de un doctor al que escuchaba atentamente, al mismo tiempo que anotaba en una pequeña libreta negra lo que parecían ser las instrucciones del médico. Jhon se levantó rápidamente mientras le daba la mano a Franklin, tras lo que le entregó un papel donde había anotado un número, se alejó diciéndole que cualquier cosa que necesitara en Medellín llamara a ese teléfono y preguntara por él, sin dudarlo.

Era la conversación más larga que había tenido con alguien desde que llegó. Cinco minutos después lo llamaron al mesón y, tras pagar, entró a la sala que le indicó la recepcionista, donde por fin fue atendido por el doctor. Tenía que someterse a dos operaciones en la cara y una en la pierna con la que cojeaba. Decidió solamente operar su mandíbula, no quería gastar todo su dinero y era la que provocaba mayor deformidad y dolor. Otra cosa que influyó era que necesitaba trabajar y el tiempo de recuperación de dos de las operaciones era demasiado largo. Había reconocido de fotos en los periódicos a la persona que acompañaba a su nuevo amigo, era Pablo Escobar y ahora tenía el contacto de uno de sus cercanos, no quería ni podía dejar pasar esa oportunidad.

Dos semanas después, ya operado y en recuperación, Frank llamó al teléfono que había memorizado, además de haberlo escrito en tres papeles diferentes para no arriesgar perderlo y preguntó por Popeye. Le pidieron el número desde el que estaba llamando y a los cinco minutos sonó el teléfono de su habitación. Era Popeye y se acordaba perfectamente de su nuevo amigo chileno, a quien, al ser interrogado por su jefe acerca del apaleado personaje con quien lo vio sentado conversando, bautizó como el "cojo chileno". "*Hijoeputa*, otro cojo más me trae" había respondido don Pablo sonriendo ya aliviado y contento por la conversación que había tenido con el médico y agregó:

– Más parecía un fantasma, bien berraco ese huevón.

– Como usted diga patrón, era el fantasma chileno entonces ese hijoeputa, un fantasma cojo eso sí, patrón – le respondió alegremente Popeye y ambos rieron y olvidaron el asunto.

Después de un año recibiendo órdenes a través de Popeye, finalmente, Franklin comenzó a recibirlas directamente de Pablo Escobar, a esas alturas, una de las personas más ricas del mundo, gracias al narcotráfico. Don Pablo, como Franklin siempre lo llamó, encontró de inmediato un uso para aquel cojo que tenía un rostro que llamaba la atención en cualquier lugar debido a las cicatrices, la nariz torcida producto de alguna grave fractura que nunca arregló y el pómulo derecho que tenía una altura y forma notoriamente diferente a la del izquierdo, con lo que infundía, si no miedo, al menos respeto.

Cuando recién se había integrado a la organización, a Franklin lo sorprendió la violencia. Era mucho más que la que había experimentado en su antiguo barrio. En primer lugar, le llamó la atención que el uso de armas de fuego era algo habitual. Habiendo estado acostumbrado solamente a cuchillos, barras de metal, palos y puños, se excitó bastante cuando recibió una pistola SIG–Sauer P226 semiautomática con cargador para 13 balas de manos de Popeye. También le llamó la atención la aparente cotidianidad del asesinato, pero tras sus primeros trabajos junto a su nuevo amigo, se fue acostumbrando a apretar el gatillo para quitar vidas y llegó, incluso, a disfrutarlo, imaginándose la cara de su tío o la de Ramiro cuando le disparaba a alguna de sus víctimas a corta distancia. Otra de las tareas habituales que realizaba era repartir dinero como pago por ciertos trabajos relacionados a la producción de cocaína. A él nunca le encargaron repartir dinero para sobornos, esa tarea la realizaba solamente el círculo de confianza de Escobar, para que no se hicieran públicas las identidades de policías, militares y políticos que estaban al servicio de la organización.

Al cabo de unos años, aprendió a la perfección cómo funcionaba el negocio de la producción y tráfico de cocaína. En aquella época producir un kilogramo de la droga costaba cerca de mil dólares en Medellín, transportarla a Estados Unidos otros tres mil y luego se vendía sobre los sesenta mil dólares en Nueva York o Miami, hacia donde se exportaban ilegalmente varios cientos de toneladas cada año.

Una mañana, tras una animada noche en la hacienda Nápoles, junto a su patrón, los socios de este y varios de los empleados, fue despertado por unos fuertes golpes en la puerta de la habitación en la que se había quedado dormido con dos prostitutas. No sabía qué hora era y le dolía bastante la cabeza, pero sabía que esos golpes significaban que debía presentarse de inmediato en la terraza de la casa principal de la hacienda.

Quien golpeaba la puerta era Popeye. Con cara de niño y una sonrisa que mostraba sus pequeños y desordenados dientes, le confirmaba lo que Franklin ya sospechaba. Se echó agua en la cara y partió, raudamente, donde don Pablo que lo esperaba sentado en la terraza de su casa. Cuando llegó y sin que le ofreciera sentarse, el patrón comenzó a decirle que le había llegado un pedido interesante desde Chile y si acaso le gustaría volver a su país para hacerse cargo de formar una red de distribución, trabajando para el cartel de Medellín. Aunque ya se habían acostumbrado a la cara deforme del "Fantasma Chileno", como lo conocían, la mueca de alegría que se formó inconscientemente en el rostro de Franklin al escuchar la propuesta causó la risa de Pablo Escobar. La tomó como una respuesta afirmativa segundos antes de que el incrédulo empleado le dijera que sí, escupiendo cuando hablaba como era habitual producto de su desencajada quijada, razón por la que nunca lo invitaba a sentarse frente a él e intentaba mantenerlo, al menos, a dos metros de distancia.

Así fue como una década después de haberse ido, Franklin volvía, como representante de una de las organizaciones criminales más importantes del mundo, al país del que se había escapado en absoluta soledad y con un temor que había jurado devolver con creces cuando llegara el momento, ya que sabía que no debía arriesgar su naciente empresa por disputas y venganzas personales. Al cabo de los años, había ascendido rápidamente, pero el comenzar desde abajo y tener siempre a alguien dándole órdenes había sido nuevo para él y le había enseñado a trabajar en equipo y a poner siempre a la organización primero. El cartel era lo más importante en esos momentos.

En su primera llamada a Colombia para avisar que había llegado, tras unos momentos y mientras hablaba con Popeye, escuchó en el fondo la voz de su Patrón diciéndole que no fuera "huevón" que no podía tratarlo de "Fantasma Chileno" si estaba en Chile, que era una redundancia porque en ese país todos eran chilenos, lo que se tradujo en que su interlocutor lo comenzara a tratar de "Fantasma" a secas. Popeye también le dijo que el patrón enviaría a Jason para que lo asistiera, ya que en Chile no había, lo que llamaban "ninjas" que fueran de su confianza.

El Fantasma se había transformado en una leyenda con los años. Nadie sabía su verdadero nombre, quienes lo habían visto personalmente solo conocían su apodo. Nadie cuestionaba sus órdenes, sabían a quién representaba, por lo que no le fue difícil construir una amplia red para distribuir la cocaína que traían desde Colombia, Perú y Bolivia. Él también era el encargado de conseguir el vino que utilizaban para exportar cocaína e ingresarla escondida en las cajas y botellas a Estados Unidos, el principal destino de la droga a nivel mundial.

Uno de los grandes distribuidores de la red en Chile, sin que el Fantasma lo hubiese visto personalmente, era Ramiro, a través de una de las múltiples empresas que había armado para mover la droga intentando, como siempre lo había hecho, conservar el anonimato. Ninguno de los dos operaba el negocio personalmente, ambos lo hacían a través de gente de confianza, por lo que, pese a haber hecho negocios por bastante tiempo, ignoraban la participación del otro.

En una noche de borrachera en la hacienda Nápoles, Franklin le había contado su historia a Popeye, sin esconder nada, ni cómo engañaba a su banda y al tío desde siempre, ni la paliza que le habían dado, ni sus meses en la cárcel, ni cómo planeaba vengarse de su examigo y, especialmente, de su tío. Jhon Jairo Velázquez Vázquez era un hombre de una lealtad total, todo el mundo lo sabía. Era leal a su patrón por sobre todo. Él lo había rescatado y reclutado cuando era un adolescente que aún no cumplía la mayoría de edad, por eso no fue extraño que, en cuanto se enteró de que enviarían al chileno de vuelta a su país, le advirtiera a Escobar acerca de lo peligroso que sería para la organización que Franklin ejecutara su venganza, ya que Chile era mucho más estricto que Colombia en lo que se refería a leyes y un homicidio podría poner a todo el cartel bajo la lupa de las autoridades, ni qué decir dos. Debido a esa advertencia, cada cierto tiempo el patrón se aseguraba de llamar al Fantasma para recordarle que se mantuviera fuera de problemas. Pese a que sonaba a sugerencia, Franklin sabía que era una orden que debía ser cumplida al pie de la letra. También sabía las consecuencias de no cumplir una orden pues había ejecutado, personalmente, varios castigos a personas que habían hecho enojar de alguna manera a Pablo Escobar.

Para asegurar su anonimato, el Fantasma se había comprado una enorme y exclusiva casa, construida sobre un terreno de cinco mil doscientos metros cuadrados, en la falda de un cerro, con mucha seguridad y de la que pocas veces salía.

Habría requerido de varias cirugías plásticas para dejar su rostro cercano a la normalidad o, al menos, para no llamar tanto la atención. Sin embargo, la recuperación de la primera cirugía le generó tanto dolor que decidió que ya había sufrido suficiente en la vida como para seguir haciéndolo voluntariamente. Además, su rostro ya había cambiado bastante, no esperaba enamorarse, ni podía hacerlo, su trabajo no le permitía confiar en nadie y había aprendido que a las prostitutas les interesaba que les pagaran bien, no la belleza o el nombre de con quién se acostaban. De a poco y voluntariamente comenzó a transformarse en un recluso en su mansión, en el barrio más acomodado de la ciudad, donde se sentía como un extranjero proveniente de un mundo opuesto, a pocos kilómetros de distancia, donde la gente dormía bajo puentes y comía lo que encontraba en basureros.

Un día, tras varias noches en que tuvo pesadillas con la tarde en la que su vida había cambiado bajo el puente, no pudo contenerse y, tomando impulsivamente una camioneta de entre los seis autos que tenía estacionados en la entrada de su casa, partió rumbo a su antiguo barrio.

La ruta para llegar bordeaba el río en el que casi se ahogó y, cuando se encontró con el puente que había servido de guarida a su antigua banda, se dio cuenta de que sentía el estómago apretado y su pulso se aceleraba, instintivamente pisó el acelerador para pasar el menos tiempo posible frente a ese puente.

Al llegar al barrio que lo vio crecer, no encontró nada que le recordara su infancia o juventud. Donde antes había cientos de casas prefabricadas de madera con techos de latón brillante o planchas grises, ahora había casas de hormigón más grandes, bonitas y con cuidados jardines. Todas las calles estaban pavimentadas y la electricidad se transmitía por cables bajo tierra, a diferencia de los improvisados postes de los que colgaban varios cables que recorrían cada cuadra del lugar donde él había crecido.

En vez de dar la misión por terminada y sintiendo más curiosidad aún, se estacionó, simbólicamente, en el sitio donde muchos años atrás diera una dolorosa vuelta apoyado en el palo de escoba que aún guardaba para cumplir el juramento que se había hecho ese día y que llevaba en el asiento trasero de la camioneta. Estuvo cerca de veinte minutos esperando, cuando por fin vio salir a alguien de la casa, aparentemente para regar el pasto que estaba al exterior de la reja. Se bajó de la camioneta y sabiendo la impresión que causaba su rostro, le habló desde lejos para no darle tiempo a que se asustara. Franklin le preguntó si sabía qué había pasado con la gente que vivía en aquel lugar. La mujer no sabía ya que le había comprado la casa a una constructora, pero tenía un antiguo número de teléfono que había dejado un hombre que pasó vendiendo antigüedades y que dijo haber vivido ahí. La mujer le pidió que esperara, entró a su casa y salió, en menos de dos minutos, con un papel en la mano. El nombre escrito en el papel, así como la letra –que había visto en repetidas ocasiones cuando sacaban las cuentas – eran indudablemente de su tío. Miró fijamente a la señora, le sonrió agradeciéndole y se fue del lugar, lo que tranquilizó a la mujer que, rápidamente, comenzó a regar y se olvidó del asunto.

Prefirió volverse por el empinado camino que rodeaba el cerro y que, pese a ser veinte minutos más largo, evitaba pasar cerca del río y del puente.

Apenas llegó a su casa, le encargó a uno de sus hombres que ubicaran a la persona del número, que averiguaran todo acerca de su vida y que le consiguieran una dirección.

La información llegó pronto y no fue difícil de conseguir. El marido de su tía seguía manteniendo su puesto en el mercado persa y vendía antigüedades que repartía a domicilio en su antigua camioneta. Vivía en un barrio modesto en las afueras de la ciudad y que debía su nombre a un santo francés que aparecía en la Divina Comedia guiando a Dante en la etapa final de su viaje.

Lo que Frank escuchó no le cuadraba con la imagen que se había hecho de la vida de quien, probablemente, dirigía a su antigua banda, ni tampoco con el recuerdo que tenía de aquel personaje que estaba siempre inventando formas de hacer dinero. De todas maneras, y en una especie de trance donde pareció olvidar quién era, qué lo mantenía en Chile y, más importante aún, las órdenes que había recibido explícitamente, hizo –para evitar que su voz fuera reconocida – que uno de sus pocos hombres de confianza, un joven que pertenecía a una acaudalada familia colombiana y que hablaba elegantemente, llamara a aquel número y pidiera una reunión cuanto antes con el vendedor, con la promesa de comprarle muchas antigüedades y muebles para decorar la gran casa. Al otro día, completamente solo en su casa, Franklin se paseaba nerviosamente en la cocina donde estaba el botón para abrir la puerta exterior de la propiedad y la campana electrónica del timbre. Con su mano derecha hacía girar el palo de escoba que había recogido más de una década antes en el lecho del río y que, desde entonces, había sido uno de sus bienes más preciados.

El tío Morris llegó puntualmente y, al ver la gran casa, humedeció de manera compulsiva sus labios con la lengua. Pensaba cuánto dinero le sacaría a su nuevo cliente vendiéndole, como exclusivas y caras antigüedades, cosas que no le habían costado mucho dinero pues eran robadas y cuyas historias él mismo inventaba. Se bajó de la camioneta y aún moviendo la lengua dentro y fuera de su boca, se peinó nerviosamente con una mano y, simultáneamente, con la otra tocó el timbre.

Franklin detuvo el movimiento del palo de inmediato y lo dejó sobre el mesón de la cocina, mientras se apresuraba a apretar el botón y abrir la puerta, sin siquiera contestar el intercomunicador por miedo a que su voz pudiera ser reconocida. Al ver que su tío abría la puerta pequeña, apretó el otro botón y comenzaron a moverse hacia adentro las dos puertas grandes del portón. Nervioso por su error, vio aliviado cómo el hombre retornaba sobre sus pasos y cerrando la puerta pequeña, volvía a entrar en la camioneta que, tras encender con dificultad, condujo por el camino de piedra que llevaba hasta la casa.

Cuando comprobó que el portón se había cerrado, recogió el palo del mesón, lo dejó apoyado en la pared del living y caminó tranquilamente hasta la puerta de entrada que abrió tras una pausa en la que respiró profundamente.

Mientras cruzaba la elegante puerta, pudo observar el deteriorado aspecto de su tío. Parecía que los años no habían sido buenos con él. No sabía si lo reconocería, pero tampoco le importaba ya que la trampa estaba cerrada y en la gran casa no había nadie más que ellos dos. Franklin se había asegurado de planificar hasta el último detalle de ese día y ya con la camioneta dentro de la propiedad, podía poner en marcha y disfrutar su plan. La primera parte de la venganza que se había prometido a sí mismo ejecutar y que le había dado la energía y motivación para sobrevivir, tras salir agonizante del río, estaba por ser completada.

Rápidamente, y para que no lo reconociera, se puso de espaldas frente a él y le pidió, con una sola palabra, que lo siguiera. Al llegar al living, sin voltear aún, le indicó con la mano el sillón, mientras él se sentaba en la elegante silla que estaba al costado. Cuando lo miró fijamente y sonrió, su tío echó la cabeza hacia atrás en un gesto en que parecía estar tomando distancia para intentar verlo mejor.

– Hola tío – le dijo, secamente.

La sorpresa en el rostro del tío fue absoluta, reconoció la voz y la asoció inmediatamente con la mirada, pero seguía sin poder ver detrás de esos rasgos deformados al joven que había conocido y que había dado por muerto años antes. Frank se echó hacia atrás, hundiendo su cuerpo en el grueso respaldo de la silla y cruzó las piernas indicando a su interlocutor que se mantendrían sentados. Tal como lo había ensayado varias veces en su cabeza y, para darse valor, imaginó que era Pablo Escobar. En su vida había admirado solo a dos personas, por lo que no le sorprendió verse personificando a una, mientras se iba a vengar de la otra.

Le dijo secamente que sabía lo que había hecho, que la cara se lo recordaba todos los días al mirarse al espejo y comenzó a perder el control, a gritarle garabatos que mezclaba con palabras con una ira que nada tenía que ver con el inalterable personaje que estaba interpretando. Cada vez que el tío intentaba comenzar una frase, aun recuperándose de la sorpresa, el enojo de Franklin se incrementaba hasta que se tornó incontrolable y totalmente alejado de su plan. Sin haber conversado más de un minuto, se paró de la silla y tomó un jarrón que rompió en la cabeza de su envejecido tío, quien, totalmente confundido, no podía entender qué estaba ocurriendo en esa elegante casa.

Con la cabeza sangrando levemente y en estado de shock le suplicó que se detuviera, al mismo tiempo que intentaba ponerse de pie, pero Franklin tomó el palo de escoba que estaba apoyado en la pared y sin dejar de proferir garabatos mientras salivaba como un animal cebado, le dio un golpe en la parte trasera de cráneo que tumbó al desconcertado hombre al piso y que, aún consciente, comenzó a levantarse para intentar escapar. Vio horrorizado un charco de sangre bajo su cabeza. Frank lo volvió a golpear en el mismo lugar y el tío cayó desvanecido al piso. Recién volvió a abrir los ojos media hora después y se encontró en un gran jardín, acostado boca abajo, desnudo sobre el pasto, con las manos atadas por las muñecas, los brazos estirados sobre su cabeza y sus piernas amarradas a la altura de los tobillos con una gruesa soga. Sentía una fuerte palpitación en la parte posterior de su cráneo y estaba totalmente desorientado. Cuando intentó mojarse los labios, se dio cuenta de que también estaba amordazado y sintió con la lengua lo que parecía un trozo de tela dentro de la boca. Intentó tragar saliva y sintió el sabor de su propia sangre. Lentamente entró en sí y recordó cómo había llegado a ese lugar.

Un minuto después y al ver que su víctima se movía intentando liberarse de sus ataduras, se acercó y, moviéndose en círculos alrededor de su tío, mientras iba golpeando contra la palma de su mano izquierda el palo de escoba que sostenía con la mano derecha, le dijo que llevaba mucho tiempo esperando ese momento. Le contó con euforia y los ojos muy abiertos, cómo aquella mañana, en la que había caminado herido a buscar su ayuda, lo había visto a lo lejos descargando su camioneta, entendiendo de inmediato que era él quien lo había traicionado. Parecía sentirse orgulloso mientras le comunicaba al ya desesperado prisionero su conclusión, sin darle derecho a réplica. Se paró frente a la cara de su tío y se agachó apoyándose en el palo de escoba. Usando su mano izquierda y aún en cuclillas, lo tomó fuertemente de la mandíbula y movió el rostro sangrante hacia adelante, acercándolo al suyo. Inspiró profundamente y le dijo, en un tono muy calmado, volviendo a imaginarse que era don Pablo, que ese día, años atrás, mientras saboreaba sus lágrimas y sentía el dolor de las astillas clavándose en su mano, había jurado meterle el palo en el culo mientras le contaba lo que había tenido que vivir aquella noche.

Luego de verificar la cara de terror que puso su víctima, se vio tentado a sacarle el pañuelo para que hablara y poder oír sus últimas palabras, sin embargo, no quería arriesgarse a que los vecinos escucharan algo, por lo que se acercó a la terraza donde tenía preparado un tocadiscos, mientras veía con gusto las convulsiones con las que intentaba liberarse su tío y, con una histriónica maniobra que se aseguró fuera vista, puso a sonar la canción *Sangre Maleva* de Oscar Larroca, del disco que le había regalado su patrón cuando había partido de Colombia.

Con la música sonando a volumen alto, caminó nuevamente hacia el cuerpo de su prisionero y, tomándolo de las piernas, lo giró en ciento ochenta grados, manteniéndolo siempre boca abajo. Pudo escuchar el ahogado grito cuando su tío vio frente a su cara el profundo hoyo cavado en el pasto y los montones de tierra a los costados donde había una pala enterrada superficialmente.

Mientras se movía enérgicamente y de forma desesperada intentaba soltarse de las ataduras, sintió el intenso dolor provocado por el palo que su antiguo pupilo estaba clavando lentamente, pero con mucha fuerza, en su ano. Sintió el dolor que recorría sus entrañas con una intensidad que nunca había experimentado ni imaginado posible. Se puso a llorar desesperado y tratando inútilmente de empujar el paño que lo estaba sofocando fuera de su boca, intentó dar un último grito antes de perder el conocimiento.

Frank tenía una sensación de infinita calma mientras estaba sentado en el pasto contemplando el cuerpo desnudo y el palo de escoba que sobresalía en un ángulo de cuarenta y cinco grados del trasero del hombre que, prácticamente, lo había criado. Satisfecho de haber cumplido con la primera parte de su venganza y luego de que el dolor en su pierna por mantener la posición tanto tiempo le hiciera volver en sí, se levantó y tomando el cuerpo inmóvil por los pies, lo arrastró hasta colocarlo dentro de la improvisada tumba que había hecho que sus hombres cavaran el día anterior, con la excusa de que plantaría algo ahí. Una vez que el cuerpo estuvo por completo dentro de la excavación rectangular, escupió sobre él y comenzó a echar tierra con la pala. Cuando vio que había suficiente tierra encima, levantó con fuerza el palo hasta un ángulo de noventa grados. Pudo, para su goce, sentir la resistencia de las vísceras, pero ningún sonido o movimiento y, cuando comprobó que la tierra afirmaba el palo en su nueva posición, sacó un árbol de pomelos de la bolsa negra de plástico que lo contenía y lo plantó amarrándolo, con una tira de alambre, al palo de escoba para que funcionara como guía.

El plantar un árbol de pomelos había sido idea de Popeye. Después de haberle contado su plan en una noche de borrachera, Popeye le había dicho, bromeando, que sería poético ya que "podría cosechar el resto de su vida los amargos frutos que se alimentarían de su venganza". Frank no lo entendió como broma, le había parecido una buena idea.

Roció la ropa de su tío con gasolina y la incineró en la parrilla. Esa noche, le pidió a uno de sus hombres que llevara la camioneta a una desarmaduría y se apresuraran en sacarle todas las piezas al día siguiente. Les dijo que había sido usada en el transporte de drogas la semana anterior y que la policía la estaba buscando por lo que debía desaparecer cuanto antes y sin dejar rastro.

Camila le contó a Allen acerca de la reunión que había tenido aquella tarde en la cárcel y que intuía que había algo muy extraño en la versión de la policía.

Le dijo acerca de las huellas que aparecían en las fotos y la cara de sorpresa que había puesto Ramiro cuando se las mostró. Sentía que él sabía o, al menos, intuía a quién pertenecían. También le había parecido sospechoso que Ramiro llamara a los guardias, dando por finalizada la reunión en cuanto le comentó la idea de que las huellas pertenecían a alguien que cojeaba.

Allen, que estaba absorto en observar las formas que hacían los labios de Camila al moverse mientras ella hablaba, asintió reflejamente, sin haber escuchado lo que le acababan de decir ya que unos momentos antes, totalmente abstraído de la reunión, había comenzado a recordar los besos que se daban y cómo había amado a esa mujer una década atrás. Cuando volvió en sí, intentó adivinar lo que había oído sin escuchar y no pudo evitar sentirse aliviado cuando ella, dando paso a otra frase, le preguntó si la acompañaría a la cárcel al día siguiente.

Al verlos entrar juntos, Ramiro no entendió la conexión entre esos dos personajes. Para sobrevivir y ser exitoso en el mundo criminal en el que se había desenvuelto la mayor parte de su vida, adquirió la capacidad de generar, en un instante, varios escenarios en su mente y analizarlos de manera casi instintiva, para poder reaccionar más rápido que sus rivales o la policía. Pero, aunque intentó adivinar la razón por la que Camila estaba esperándolo con el jefe de su padre en esa pequeña sala, ninguno de los escenarios que su imaginación creó le entregó una explicación que pudiera parecerle lógica o razonable. Finalmente, decidió preguntarle directamente a Camila, antes de decirle la única frase que había pensado emitir previo a entrar en la sala y ver a la pareja que estaba ahora sentada al otro lado de la mesa.

Camila no necesitó que Ramiro abriera la boca para saber lo que le iban a preguntar, leyó su mirada y, sin esperar, le contó que Allen había sido su novio en la universidad y que se habían encontrado en ese lugar días atrás, visitándolo a él, tras más de diez años sin verse. Le dijo que había conocido a Fernando, con quien había estado en El Destino varias veces en esa época y que le costaba creer la coincidencia de que fuera su padre, que sentía que había una fuerza que había guiado su destino hasta ese momento y que, más importante aún, ambos estaban convencidos absolutamente de su inocencia. Allen miraba la escena con un analítico silencio. Su mirada profunda no se apartó del rostro de Ramiro mientras Camila hablaba y le divirtió ver los gestos de su querido Fernando en la cara que tenía frente a él. Tuvo la sensación de que, efectivamente, era inocente y, pese a que acertó en eso, se equivocó rotundamente cuando creyó estar seguro de que esa persona con rostro tan familiar era incapaz de lastimar a alguien. Camila había hablado por ella. Él necesitaría más pruebas.

Ramiro estaba incrédulo. Por unos segundos se olvidó del lugar en el que estaba y por qué, mientras intentaba recordar dónde estaba diez años atrás e imaginar a Camila, a quien aún veía como una niña, junto a su padre. Sonrió con la idea de todos como una gran familia, antes de volver en sí.

– Camilita, no quiero que me ayudes y tengo muy buenos abogados – dijo secamente.

Camila, con su habitual tenacidad, le insistió y, cuando parecía que Ramiro iba a llamar a los guardias para que lo sacaran como la última vez, Allen le tomó el brazo y le dijo que no fuera terco, que si no dejaba que lo hicieran por él, permitiera al menos que su amigo tuviera justicia. Ramiro lo miró fijamente y de una manera que hizo que Allen retirara de inmediato la mano que había puesto sobre su brazo para evitar que se levantara.

Volvió a sentarse de frente en la silla y le pidió a Camila que saliera, para poder hablar algo en privado con Allen.

Pese a que Camila se sintió sumamente sorprendida e incluso un poco celosa por esa petición, tomó su cartera, sin decir nada y, con la mirada de quien acaba de ser ofendida, hizo la seña al guardia para que le abriera la puerta, tras la que desapareció cuando el mismo guardia la volvió a cerrar.

Allen aguardaba en silencio y con curiosidad lo que, probablemente, iba a ser un mensaje para Fernando. Sin embargo, escuchó, en un tono de voz que reflejaba absoluta humildad, una petición.

– Camila es lo más parecido que he tenido a una hermana. A Jenny, su madre, la he llegado a querer más de lo que quise a la mía. Cuando se fue, con Jano, le juramos que protegeríamos a su hija. – dijo tiernamente, tras lo que endureció su voz nuevamente y con la mirada clavada en los ojos de Allen agregó – Si el culpable es la persona que creo, tan solo investigar los va a poner en un peligro real y no quiero exponer a Camila a eso.

– Si sabes quién fue el asesino de Jano, ¿por qué no le das su nombre a la policía? – le preguntó Allen, desconfiando de las palabras Ramiro.

– Porque si es quien pienso, lo maté hace casi treinta años – replicó Ramiro – Ya he puesto un plan en marcha, pero no puedo decirte más.

Allen le pidió que le explicara a lo que se refería, le suplicó casi, pero Ramiro sentía que había dicho demasiado. Le inquietaba la idea de exponer a Camila a lo que, pese a su incredulidad, cada vez se iba convenciendo más de que parecía ser una venganza que iba cuidadosamente dirigida hacia él. Le hizo la seña al guardia y, tomado del codo por éste, se alejó caminando por el pasillo. Camila lo pudo ver unos momentos cuando pasó brevemente frente a la ventana interior de la sala de espera. Al llegar, Allen la tomó de la mano y la sacó rápidamente del lugar. Subieron a la camioneta de Allen y, una vez arriba, le comentó lo que había escuchado.

Al día siguiente Allen recibió un llamado desde la cárcel. Camila estaba sentada frente a él tomándole la mano que parecía no haber soltado desde la noche anterior, para la felicidad de ambos.

Ramiro le pidió que por favor fuera solo, que necesitaba de su ayuda y que no le dijera nada a Camila ni a su padre. Allen accedió a no contarle a su padre, pero le dijo que a lo otro no podía acceder, sin decir el nombre de ella en voz alta. Luego de un silencio, Ramiro cortó. Un minuto después, el teléfono volvió a sonar y Ramiro le dijo que estaba bien, que fueran juntos a visitarlo al día siguiente.

Al otro día, nuevamente, se reunieron la pareja y el reo. Les contó de su vida desde que tenía memoria. En treinta minutos hizo un recorrido de casi cincuenta años. Les contó de su dura infancia, de lo que su madre le había dicho acerca de su padre y de por qué no lo volvió a ver. También les contó cómo había comenzado a ganar dinero, hace treinta años y les habló de Franklin, a quien pensó haber matado pero que, día a día, se iba convenciendo más de que estaba vivo e intentando vengarse lenta y cruelmente de él. Por eso temía que Camila pudiera estar en grave peligro y les pidió que tuvieran cuidado.

El único movimiento que la pareja hizo fue para tragar saliva, mientras escuchaban atónitos la historia de la persona que Camila creyó conocer casi toda su vida.

Ramiro les dijo, antes de que se acabara el tiempo, que había pensado varios días en el crimen de Jano y, luego de darle muchas vueltas, creía haber adivinado cómo se había mantenido oculto Franklin todos esos años y cómo encontrarlo. Había entendido que, si tenía razón, la única forma de proteger a Camila sería tomándolo detenido. Una vez que terminó de hablar, miró fijamente a Allen intentando adivinar si la persona tras esa mirada intensa tenía lo necesario para proteger a la única persona cercana que le quedaba.

Se levantó cuando entró el guardia, al que dejó, sin resistirse, que lo tomara del codo para acompañarlo y, justo antes salir de la sala donde estaban reunidos, giró la cabeza y les dijo convencido:

– Tenemos que encontrar a un fantasma.

Allen hizo una pausa y me preguntó, con genuina preocupación, si estaba bien. Comprendí que no me conocía y que verme tomar mi cuarto vaso de whisky doble en tan poco tiempo, con la mirada perdida en el infinito, podía interpretarse como que estaba totalmente borracho y no prestándole mucha atención. En realidad, la forma en la que viví mi juventud, sumado a un matrimonio que se había mantenido por años, en gran parte, gracias al alcohol, me habían preparado para beber grandes cantidades sin sufrir demasiados efectos, condición con la que mi hermano había sido bendecido incluso más que yo. A lo anterior le agregaría un consejo para evitar la resaca que le dio un conocido músico argentino a Franco: "Nunca mezcles destilados con fermentados".

Había estado escuchando a Allen perfectamente, pero no podía mirarlo a la cara y concentrarme, por lo que decidí mirar el mural tejido que había en la pared detrás de él. Se me hacía muy difícil verlo sentado frente a mí, después de haberlo visto tiempo atrás en fotos y casi haberme obsesionado con él. No sé si habían pasado catorce, quince o dieciséis años, pero la sensación de que podría haberme casado con Camila y tener una vida alegre y plena, en vez de la aburrida y monótona que tengo hora con Celine, si él no hubiese tocado la puerta ese día, me acosaba cada vez que lo miraba, sobre todo, con cada sorbo que daba, porque algo se me estaba yendo a la cabeza, obviamente.

Me contó la historia de su familia; la de Camila, repitiendo algunas partes que ya conocía directamente de ella; y, luego, cómo estas se tocaban con las del narcotraficante Ramiro y el asesinado Jano. A decir verdad, la primera media hora de la historia intenté, en vano, adivinar qué hacía yo ahí y por qué Camila no había llegado aún. Me costaba concentrarme y había comenzado a impacientarme cuando Allen sonrió y, tres segundos después, sentí que me tocaban el hombro mientras olía el suave e inconfundible perfume de Camila.

Me dio un tenso abrazo que, claramente, incomodó a Allen y entendí, al instante, que estaban juntos nuevamente. Dejé el vaso sobre la mesa, miré histriónicamente mi reloj y les dije que me tenía que ir al aeropuerto en algunos minutos, pese a que sabía que mi vuelo había despegado. Me sentí como un tonto por haber mantenido la ilusión con ella. Necesitaba salir cuanto antes de ese lugar, me sentía demasiado incómodo ahí.

Camila miró de manera cómplice a Allen y le preguntó si me había terminado de contar la historia y si me había dicho lo que habían acordado. Creo que mi cara de desconcierto hizo que Allen mantuviera el silencio y ella adivinara que no lo había hecho.

Con impaciencia le repetí que me tenía que ir en unos minutos, que pagaría la cuenta porque quería invitarlos como despedida, ya que no pensaba volver al país en mucho tiempo.

Mi vida había sido monótona, aburridamente monótona desde la muerte de Franco y estaba en la absoluta convicción de que nada iba a cambiar. Por eso la llamada de Camila me había dado una luz de esperanza en un futuro mejor, pese a que, si lo hubiese analizado de manera fría, habría apreciado lo extraño de la situación y que mis ganas de romper con la monotonía me habían ilusionado exageradamente. Sentía que dicha ilusión estaba catalizada por el whisky, en una especie de caída libre y podía percibir cómo el pulso se me aceleraba mientras comenzaba a transpirar frío entendiendo que iba a golpearme duro contra la realidad. Intenté que no se me notara, pero creo que ya era tarde. Me paré, estiré la mano para estrechar la de Allen, al mismo tiempo que le daba un beso en la mejilla a Camila que me miraba desconcertada.

Mientras caminaba hacia la puerta, sintiendo algo de rabia conmigo mismo y una profunda desilusión por haber sido tan impulsivo e ingenuo, recordé que tenía que tomar un taxi, por lo que cambié de dirección hacia la recepción del hotel, donde solicité que llamaran uno lo antes posible. En cuanto me confirmaron que ya venía uno en camino, volví a dirigirme hacia la puerta y esperé un minuto hasta que llegó uno de los taxis que esperan cerca de los hoteles. Me había subido en el asiento trasero y ya le había dicho que me llevara a mi hotel, cuando vi salir a Camila rápidamente por la enorme puerta giratoria y, luego de pararse frente al automóvil mostrando las palmas de ambas manos al taxista, comenzó a acercarse caminando a mi puerta, pidiéndome que por favor me bajara y terminara de escucharlos. La curiosidad le ganó a la vergüenza y, entregándole un billete por las molestias, me despedí del taxista y bajé por la puerta que acababa de abrir Camila al ver que había accedido a su petición.

En cuanto me bajé del taxi me dio un abrazo espontáneo y un poco más apretado de lo necesario, quizás intentando compensar por el que me había dado insulsamente minutos antes o porque estaba realmente emocionada de que había accedido a su petición. Un minuto después, inundado por una curiosidad casi morbosa, me encontraba sentado, ahora en una mesa, frente a la pareja que inexorablemente tendría su destino atado al mío en el futuro cercano.

La mesera trajo una copa con vino blanco y dos vasos con hielo, llenos hasta la mitad. Comprendí que Allen, intuyendo probablemente el efecto que su novia tenía aún en mí, había pedido el que sería mi quinto whisky doble de la noche. Les pedí disculpas ya que comprendí que la escena anterior había sido demasiado obvia y les expliqué un poco mi situación. Sin importarme que Allen supiera que fui yo el de la mañana en que golpeó la puerta hace años, ni que Camila se pudiera sentir mal o incómoda, les expliqué que, desde la muerte de Franco, mi vida había sido algo estático y que me sentía un observador a distancia. Que entregaría toda mi fortuna por volver a sentirme dueño de mi destino en vez del prisionero al que veía todas las mañanas. Había pasado demasiado tiempo sin que nada me emocionara y Camila había sido la última conexión honesta que pude hacer con otro ser humano. Realmente parecía estar vomitando sentimientos y, con cada palabra, me iba sintiendo más aliviado. Les conté en profundidad de mi vida en Francia que, en un comienzo, había sido muy solitaria que cargaba con tanta angustia, pena y remordimiento por la muerte de mi hermano, que me había refugiado en relaciones vacías, utilizando el dinero para intentar darme distintos tipos de placer que solo acrecentaron la sensación de vacío, hasta que entendí que estaba perdiendo el tiempo, que no sentía nada. No logré salir de esa sensación de abulia hasta que conocí a Celine, una chica inteligente, guapa y buena, pese a que estaba bastante dañada. Sintiendo que yo ya no tenía arreglo, tomé como una misión intentar arreglarla a ella, lo que funcionó por un tiempo y me hizo olvidar mis problemas. Nos casamos, quedó embarazada, lo que solo duró dos meses y, tras la pérdida, cayó en una profunda depresión. Yo comencé a evadir la realidad nuevamente con mis antiguos vicios: noche y alcohol, ya que los negocios se manejaban solos y las mujeres estaban prohibidas por mi matrimonio.

Una vez que terminé de hablar casi sin haber tomado aire entendí, pese a que nunca había ido a uno, por qué son tan populares los psicólogos y las confesiones en la iglesia. Me sentí aliviado y ellos sorprendidos. No creo que hayan estado esperando ese nivel de honestidad y, a decir verdad, yo tampoco.

Se miraron de manera cómplice y Camila le tomó, tiernamente, la mano que tenía sobre la mesa. Al parecer, era la señal para que me contara por qué me habían citado.

Volvieron a ver a Ramiro con todo lo que él les había pedido. Ya tenían una visión clara de la compleja trama. Había algunas cosas que aún debían corroborar, sin embargo, la semana que pasaron investigando, pudieron dar con bastante información que apoyaba las sospechas de Ramiro. Utilizando el estudio legal que había contratado Ramiro como apoyo, Camila, que era una excelente y reconocida abogada, había logrado armar una red de contactos que ayudaron a recolectar información que, de otra manera, les habría llevado varios meses reunir.

La pieza más importante, sin duda, era Franklin, pero, aunque contaban con el respaldo del estudio de abogados más importante del país y tenían el oído de los policías a cargo de la investigación, al no existir pruebas concretas, no tenía sentido echarle la culpa del crimen a alguien que aparentemente no existía o había muerto. La primera tarea fue demostrar que Frank aún se encontraba vivo.

Allen, muy pendiente de todo, pero sin poder ayudar realmente en la investigación formal, pasaba la primera parte del día en la clínica acompañando a Fernando, manteniendo en secreto el paradero de su hijo y la misión en la que se había embarcado. Camila se había tomado dos semanas de vacaciones para poder ayudar en el caso de Ramiro y trabajaba durante las mañanas en una oficina que le habían facilitado para eso en el estudio de abogados. En las tardes se reunía con Allen en su departamento y avanzaban analizando la información que recopilaban. Luego de varios días de revisar montañas de papeles con registros, se convencieron de que no existía un certificado de defunción. Manteniendo la frágil esperanza de que podían demostrar que Franklin nunca había muerto, comenzaron la tarea de armar un cronograma de su vida partiendo por encontrar huellas que hubiese podido dejar en los más de veinte años que habían transcurrido desde la golpiza que les había relatado Ramiro.

Cuando fueron a verlo para compartir la frustración de no haber encontrado nada más que la ausencia de algo que acreditara la muerte de Franklin, Ramiro les dio algo más de información de dónde buscar y les pidió que no se desanimaran. Lo que no les había dicho, y que comenzarían a sospechar ese día, era que dentro de su vasta red de negocios y narcotráfico, había policías que complementaban sus bajos sueldos con pagos por hacer la vista gorda a ciertos eventos e incluso por involucrarse directamente en otros, llegando a parecer empleados de algunos criminales. Les llamó mucho la atención cuando un detective llamado Marlon llegó al departamento de Camila esa tarde y, sin ingresar, le entregó una carpeta. Ella la revisó de inmediato frente a él. Contenía dos páginas corcheteadas y una tarjeta. Indicándole la tarjeta con su nombre y teléfono, Marlon le dijo que lo llamara si necesitaba cualquier información o ayuda, tras lo cual se despidió con una sonrisa, dio la vuelta y comenzó a caminar por el pasillo hasta el ascensor. Camila cerró la puerta y, sin decirle nada a Allen que la miraba curioso, corrió a la ventana y vio cómo el detective se subía al asiento del acompañante de un automóvil policial.

La alegría fue inmensa cuando revisaron las dos páginas y encontraron un antiguo registro que evidenciaba la salida de Franklin del país y su arribo a Colombia. ¡Al menos eso demostraba que no había muerto!

El problema vendría más tarde, cuando pasaron días sin que pudieran encontrar ningún registro de Franklin volviendo a ingresar, hecho que fue confirmado cuando Camila llamó a Marlon. No existía ninguna evidencia de que hubiese vuelto en algún momento. Camila y Allen se preocuparon, para el caso, era casi lo mismo que si hubiese estado muerto. No podían demostrar que había sido él quien asesinó a Jano, pese a que durante ese tiempo habían descubierto varias pistas que podían poner en duda la culpabilidad de Ramiro, pero sin una teoría más sólida que pudiesen respaldar con pruebas, iba a seguir encarcelado.

El dilema que tenía Ramiro era básico. Para demostrar que era inocente en la muerte de su mejor amigo, debía entregar la mayor cantidad de información posible sin dejar al descubierto su vasto imperio de narcotráfico. Debía ser muy cuidadoso en lo que decía y, para eso, analizaba cada día los pasos a dar. Siempre estuvo dotado de una gran inteligencia y, con el tiempo, había aprendido a utilizarla, había logrado entender cómo compartimentar su mente, incluso debiendo contener cualquier tipo de impulso y concentrarse de tal forma, que lograba ver desde diferentes perspectivas una misma situación, pudiendo adivinar los distintos resultados que generaba cada acción. Esa habilidad analítica le había permitido formar un millonario imperio criminal, sin haber estado nunca cerca de pisar una cárcel, al menos hasta la muerte de Jano.

Hace más de una década, había visto cómo varios proveedores y muchos de sus hombres eran asesinados o morían en absurdos y aparatosos accidentes. Todos en el negocio sabían que no se trataba de coincidencias y que alguien estaba enviando un claro mensaje para hacerse cargo del negocio de importación. En Chile había una dictadura militar en esa época, por lo que la ley se imponía con severidad; sin embargo, los criminales que actuaban manteniendo un perfil bajo y sin llamar la atención, eran "premiados" con una especie de carta blanca, debido a que la junta militar prefería destinar los recursos policiales a combatir a la oposición y a los notorios crímenes que atentaban contra la seguridad pública mermando el apoyo a la gestión de los militares. Esa fue la principal razón por la que llamó la atención aquella seguidilla de asesinatos en solo un par de meses. El rumor en las calles esos días era que los militares estaban matando a narcotraficantes y a criminales comunes, ya que el armamento utilizado era de gran calibre. Al público pareció no molestarle y pasados unos meses, no se investigó mayormente el tema, además, las muertes pararon y el gobierno no se molestó en desmentir el rumor.

En el mundo de Ramiro, la historia que se contaba era otra. Un nuevo actor estaba haciendo su estrepitosa entrada y no estaba dispuesto a partir desde cero ni a tener competencia. Le decían el Fantasma y el rumor era que contaba con la distribución exclusiva y, más importante aún, con la protección del Cartel de Medellín. Al parecer, la operación fue estudiada muy bien ya que entendieron la estructura de los importadores, identificaron cómo operaban, para luego ejecutar a todos los jefes y a varios de sus hombres, dejando vivo siempre al segundo de abordo, quien manejaba normalmente la venta, ofreciéndoles su vida a cambio de trabajar para la nueva organización. Gracias a la bien planificada estrategia del cartel de Medellín, Ramiro, que siempre compró y vendió localmente, no vio interrumpido su suministro, al igual que varios de sus competidores en otros territorios. En el narcotráfico, al igual que en otros negocios, donde hay una sobredemanda, es la oferta la que manda. Por eso los jefes mantenían el control, ya que ellos poseían el contacto para conseguir e importar las drogas. Pero el Fantasma representaba a la mayor red de producción y distribución de narcóticos que se había visto en la historia, por lo que solo necesitaba a quienes distribuyeran la droga y conocieran a los clientes locales.

Ramiro, aunque era un distribuidor de cocaína muy importante y tenía como territorio más de la mitad de la ciudad, nunca pudo reunirse con el nuevo importador. El rumor era que al Fantasma no lo podían identificar más de seis miembros de su organización en el país. Tenía una estrategia similar a la de Ramiro, contaba con dos o tres personas de confianza que lidiaban con el resto de la organización y con el público general. Ramiro se hacía pasar por comprador – pese a que no le gustaba consumir cocaína – hasta de los niveles más bajos, quienes nunca llegaban a enterarse de que el supuesto cliente era, en realidad, su jefe.

Los primeros años estuvo casi obsesionado con saber la identidad del Fantasma y logró que el lugarteniente de este, después de una reunión en la que estaban planificando la ruta y entrega de un gran cargamento que llegaba desde Colombia, un poco borracho en la celebración que siguió al cierre del negocio, le comentara divertido que originalmente Pablo Escobar le decía el Fantasma Cojo y que, luego, se lo cambiaron por el Fantasma Chileno, pero que ahora era el Fantasma a secas. Ramiro había insistido en saber por qué era cojo y el lugarteniente de Frank le respondió, entre risas burlonas, que había llegado a Colombia cojo y se decía que le habían dado una paliza que le había destrozado la pierna. Al parecer el colombiano se dio cuenta de que había hablado demasiado y se puso serio de inmediato. Ramiro entendió su error y, temiendo por su vida, no volvió a preguntar nuevamente por el Fantasma e, incluso, había olvidado el tema todos esos años. Cuando Camila llegó con las fotos, recordó de manera instantánea aquella conversación y unió las piezas que, ahora, con la certeza de que Franklin estaba vivo y había viajado a Colombia, calzaban cada vez más.

Tomó la decisión de confiar en Allen y no exponer a Camila a ningún peligro. La única manera que tenía de demostrar su inocencia desde la cárcel era a través de la pareja, pero inmediatamente pensó que era ingenuo creer que Allen no compartiría la información con Camila cuando notó que estaban juntos. Al final, había decidido citar a ambos a la reunión y había entregado previamente una carta firmada que establecía que Camila iba a ser su abogada principal. De este modo podía evitar legalmente que grabaran sus reuniones con ella.

Luego de superar el asombro inicial al enterarse de que aquel niño, adorado por su madre y al que había visto como un hermano mayor toda su vida, se había transformado en un peligroso criminal, Camila comenzó compulsivamente a hacerle preguntas acerca de ciertos momentos del pasado que habían compartido, intentando entender varias cosas que eran obvias a la luz de las revelaciones, pero que habían pasado desapercibidas siendo una niña. Allen, por su parte, estaba morbosamente atraído por la historia, habiendo vivido una vida rural bastante recluida, se sentía dentro de una película.

Cuando Camila preguntó, finalmente, por la relación criminal de Jano, el duro Ramiro se quebró y no pudo contener las lágrimas que luego la contagiaron. Allen y Camila entendieron que Jano había renegado de cualquier actividad criminal y había vivido, hasta el momento de su muerte, una vida de trabajo y esfuerzo que, después de veinte años, había comenzado a dar frutos.

– Tuvo muchas oportunidades de tomar el camino fácil y nunca, nunca lo hizo. Ni siquiera se lo cuestionó – dijo entre sollozos Ramiro.

Después de haber entregado todos los detalles y antes de despedirse, les había dicho que creía saber cómo encontrar al Fantasma y cómo demostrar que él era el asesino de su amigo. Pero necesitarían ayuda.

Camila no podía evitar, mientras salía, pese a los principios y valores que habían regido su vida personal y profesional, sentir una extraña forma de orgullo por Ramiro, un hombre que había visto crecer en la miseria y superarla sin la ayuda de nadie. Luego de unos segundos, miró a Allen y se sonrojó, como si pensara que le podía leer los pensamientos.

Cada mañana, Franklin se levantaba a tomar su taza de café, hábito que había adquirido en Colombia, y caminaba a la ventana del living a admirar cómo crecía el árbol de pomelos que había plantado unos años antes en su jardín.

El alivio que sintió con la muerte de su tío fue muy distinto a lo que había imaginado sentiría tras su venganza. Lo que había estado planeando por años solo había durado un par de horas, no podía revivirlo y ahora lo atormentaba revivir la escena y pensar en los cambios que podría haber hecho o las mejoras en la forma de tortura que, pensaba en esos momentos, pudo haber dilatado. Otra de las cosas que lo persiguió durante bastante tiempo, que nunca contempló en la planificación y que quitó algo de placer al haber transformado a su tío en un pomelo, fue el nivel de paranoia que generó el miedo a ser descubierto. Pasado el frenesí de la venganza y terminada la perfecta ejecución de su plan, empezó a sentir una especie de delirio cada vez que alguien pisaba su propiedad. Incluso, despidió al jardinero. Al cabo de unas semanas, comenzó a pensar que el descuidado jardín de su bella propiedad podría despertar sospechas entre los vecinos y llamar la atención, por lo que volvió a contratarlo.

Recordó que su patrón en Colombia, al no poder justificar ni tener la capacidad para blanquear las cantidades descomunales de dinero que ganaba, había comenzado a enterrarlo en lugares que tenía cuidadosamente marcados en mapas y donde habitualmente ponía un altar a la Virgen María Auxiliadora. No lo hacía por devoción a la Virgen a la que se encomendaban sus sicarios, sino que, como una vez le escuchó decir: "la gente puede llegar a dar con los paquetes de dinero por los más curiosos motivos y coincidencias, pero nadie se atrevería ni se le ocurriría excavar bajo un altar sagrado".

Franklin había encargado una bella estatua de la Virgen del Carmen, venerada por los católicos chilenos, que colocó a un costado del pomelo frente al que mandó a poner una banca. Con eso calculó que había cubierto el largo del cadáver y, también, terminó con su sensación de paranoia. Pasados unos días, sentado en la banca y mirando el árbol que se asomaba apenas tras el altar de la virgen, se prometió hacerlo mejor en la segunda parte de su venganza.

Pasó años intentando encontrar infructuosamente a Ramiro, incluso llegó a pensar que había muerto o abandonado el país, lo que lo perturbó bastante e hizo que fuera dejando de pensar en el tema. Eso, al menos, hasta una tarde en que, mientras veía en el noticiario un reportaje acerca de la construcción de un gran centro comercial, mostraron la maqueta, algunas imágenes del sector y, brevemente al final, la imagen del gerente general de la empresa bajando de su elegante automóvil. Reconoció de inmediato a quien le abría la puerta. No podía creer la coincidencia. Tal como había visto hacer a su patrón repetidas veces, tomó apresuradamente la libreta que siempre traía con él, apuntando con su horrible caligrafía el nombre de la empresa y el del gerente. Luego, como un orate, con los ojos exageradamente abiertos y echando la cabeza hacia atrás mientras seguía mirando la televisión, se puso a aplaudir y a reír eufóricamente, en la soledad de su enorme casa.

Al día siguiente, hizo un llamado y haciéndose pasar por un reconocido periodista, concertó una reunión para la semana siguiente en el terreno donde se construiría el centro comercial. Intuyó que la empresa que estaba haciendo la inversión se encontraría en una gran campaña de relaciones públicas para promocionar el negocio, que solo sería rentable si alquilaban los locales que ofrecerían una vez terminada la obra. El gerente no podría negarse a tan ventajosa reunión.

La lluvia se había detenido la noche anterior luego de caer sin pausa durante tres días, lo que no había tenido ningún efecto en las dos visitas que, obsesivamente, había realizado esa semana al lugar donde se estaba construyendo el enorme centro comercial, para estudiar cada ángulo y no dejar nada a merced de la improvisación.

Pudo observar cómo cinco minutos antes de la hora acordada, el elegante Mercedes Benz de color negro llegaba al estacionamiento de la obra con dos personas. El conductor y, en el asiento de atrás, el gerente general que había visto en televisión ocho días atrás, quien se mantuvo un par de minutos en el automóvil leyendo la sección de negocios del periódico hasta que, mirando su reloj, dejó los papeles al costado, lo que al parecer era la señal para que el chofer bajara y le abriera la puerta.

Debido a que lo conocía desde la infancia y pese a que había ido a matarlo, sintió rabia al ver cómo el pasajero no le dirigió una palabra a su empleado, ni siquiera un mecánico agradecimiento cuando se bajó. Al observar la escena, oculto en una caseta de guardia, Franklin pensó que debía asesinar al gerente también. Recordó la sensación de justicia que sentía cuando, en su juventud, robaba las casas de ese tipo de gente, que miraban a los pobres con tanto desdén, como si fueran parte de su propiedad, solo porque la vida los había premiado con dinero. Sin embargo, no podía matarlo, lo necesitaba vivo para que su plan tuviera éxito.

El hombre entró a la construcción y comenzó a subir las escaleras para llegar a la oficina que habían habilitado al otro lado de lo que sería el futuro centro comercial. Franklin preparó la pistola que mantenía empuñada y oculta en el bolsillo derecho de su abrigo. Varios segundos después de ver desaparecer al gerente que caminaba con confianza a su entrevista y tras asegurarse de que no aparecería de improviso, Franklin se dirigió, sin prisa, hacia el automóvil que estaba a unos veinte metros de distancia y, cuando estuvo suficientemente cerca, sacó la pistola y golpeó el vidrio del conductor. Jano, que había vuelto a entrar al Mercedes negro y estaba leyendo concentradamente la sección de negocios del diario de su jefe, dio un pequeño salto de sorpresa con el golpe y luego, también instintivamente, echó su cuerpo hacia atrás cuando se percató de que lo apuntaban con una pistola. No podía ver la cara de quien tenía la pistola, pero sí podía ver la mano que le hacía señas de que bajara la ventana. Nunca le habían apuntado con una pistola y, la última vez que había visto un arma había sido en África, casi treinta años atrás. Sabía que no podía bajar el vidrio sin prender el motor y estaba tan nervioso que temía que el asaltante pensara que intentaba escapar, por lo que abrió la puerta muy lentamente y se paró con las llaves en la mano, asumiendo que querían robar el elegante automóvil estacionado en aquel aislado lugar.   Franklin, quien a diferencia de lo que hacía en su juventud cuando se vestía con una muda de ropa limpia para pasar inadvertido en los lugares donde robaba, se había vestido con harapos en esa ocasión, miraba divertido a su víctima y, volviendo a meter la pistola al bolsillo del viejo abrigo, le dio un abrazo que Jano rechazó, sin entender qué era lo que estaba pasando. Luego de identificarse, pedirle perdón y decirle que no lo había reconocido, que el hambre lo tenía robando y preguntarle si podía darle unas monedas, vio cómo la cara de Jano se había transformado del miedo, pasando por una mueca de asco tras el abrazo a un claro desdén por el pobre y desafortunado personaje que tenía en frente. Aún recordaba a aquel joven que había ido a la cárcel y a quien sus compañeros de la escuela temían. También sabía que había sido amigo de Ramiro, pese a que nunca sospechó lo que los unía y, por eso, no se sorprendió cuando su harapiento exvecino caído en desgracia le agradeció exageradamente el billete que le entregó, preguntándole por su vida, por cómo había logrado llegar a tener ese maravilloso automóvil y si había sabido algo de Ramiro, a quien imaginaba en la calle al igual que él. Quizás por intentar demostrarle a ese personaje que siempre despreció que era superior gracias a su trabajo honesto, Jano cayó en la trampa que le estaban poniendo y le respondió, mintiéndole confiadamente, incluso con notorios aires de superioridad, que había trabajado mucho y había logrado bastante éxito en sus negocios, al igual que Ramiro, quien tenía varias empresas.

Franklin instintivamente hizo un gesto girando su cabeza por sobre el hombro derecho, intentando ocultar una espontánea sonrisa que, luego de un segundo pudo controlar, y le dijo que siempre supo que tendría éxito, que sabía que se había esforzado mucho en la escuela, pero que, ni en sueños había imaginado que alguien del barrio llegaría a tener un auto como ese. Lo felicitó aduladoramente y luego, sabiendo que tenía totalmente enganchado al pez, le dijo que estaba muy sorprendido por Ramiro, a quien incluso estuvo buscando por un tiempo para entregarle unas cosas de su madre que su tío había rescatado cuando se mudaron del barrio, pero que le había sido imposible encontrarlo. Le insistió que aún guardaba esas cosas, sin decirle qué eran, y que quizás él podría entregárselas. Jano, sin siquiera sospechar lo que estaba haciendo y pensando en la impresión que le daría a su amigo ver a ese horrendo personaje de su infancia en ese deplorable estado, le dijo que de seguro podría encontrar a Ramiro en su oficina del centro o en su restaurant, pero que lo más conveniente era que lo llamara antes y acordara una cita. Jano entró nuevamente al automóvil para tomar un papel y mientras anotaba el número con el lápiz que acababa de sacar del bolsillo frontal de su camisa, pensaba en la conversación que tendría con Ramiro y cómo le demostraría entre risas, que el trabajo deshonesto llevaba, también, al deplorable estado de Frank, algo que siempre habían discutido y de lo que, por primera, tendría evidencia a favor. Le entregó el papel y lo miró con una cara que Frank no alcanzó a decidir si era de burla o compasión ya que, al ver el cañón de la pistola que éste había sacado de su bolsillo apuntando contra su rostro, se tornó en terror. El estruendo hizo que las palomas que estaban en las cercanías salieran volando al unísono. El cuerpo de Jano cayó al suelo con el rostro destrozado. Franklin se inclinó, registró el inmóvil cuerpo tendido frente a él, sacó del bolsillo del pantalón una desgastada billetera, desabrochó el elegante reloj de la muñeca y manchó intencionalmente el cañón de la pistola que aún humeaba, con la sangre que estaba brotando aún de la cabeza de Jano, tras lo que se alejó rápidamente del lugar dejando disparejas huellas en el suelo húmedo. Su cojera se acentuaba cuando caminaba rápido. Se lamentó de que, el temor a que volviera el gerente, le privara, una vez más, de la oportunidad de decirle alguna frase dramática a su víctima e imitar a don Pablo.

Llegó a su casa y quemó en la parrilla la andrajosa ropa que había utilizado para disfrazarse. Memorizó el número que tenía en el pequeño papel que luego guardó en su caja fuerte como si se tratase de un tesoro, junto a la bolsa donde había puesto la pistola, tras limpiar cuidadosamente la empuñadura para borrar cualquier huella que pudiese haber dejado. Sonrió alegremente cuando al sacar de su bolsillo el reloj notó una inscripción en la base con pequeñas letras donde se leía "Jano Peña 10 años". Probablemente, pensó Franklin, la empresa para la que trabajaba se lo había regalado por su servicio al cumplir una década de esclavo – como le llamaban los delincuentes a las personas que trabajaban honestamente. Él le daría un excelente uso ahora. Limpió lo mejor que pudo el reloj y lo metió en la caja fuerte junto con la billetera.

Sin poder seguir conteniéndose, luego de pasar varios días luchando contra el impulso, marcó el número que a esas alturas danzaba en su mente. La voz al otro lado de la línea no era la que esperaba y colgó impulsivamente. Minutos después, sintiendo una inusual tensión para un criminal de carrera, volvió a marcar y, en cuanto atendió la mujer nuevamente, preguntó por Ramiro. Cuando la que parecía ser su secretaria le informó que "don Ramiro" no volvería hasta el otro día, se relajó por completo y sintió una alegría que creía bien merecida.

Al igual que cuando estaba en la sala de espera de la Clínica Medellín, tuvo la sensación de que su destino estaba siendo manejado por alguien o algo que, a través de curiosas coincidencias, lo ayudaba en momentos difíciles. Esa fe que bordeaba el delirio mesiánico, en conjunto con la sed de venganza, lo habían ayudado no solo a sobrevivir, sino que a prosperar en un mundo que nunca le había ofrecido más que dolor y penurias.

Le entregó a uno de sus hombres un papel en el que había anotado el nombre del negocio, el de Ramiro y el número. Le encargó que averiguara y le reportara todo lo que pudiera. El colombiano tomó el papel y salió de inmediato de la oficina, sin embargo, diez segundos después volvió a entrar y, mirando con curiosidad a su jefe, le dijo que le podía dar el informe de inmediato. Que esa compañía pertenecía a Ramiro, uno de sus distribuidores más grandes, del que le había hablado en varias ocasiones y al que Frank, fiel a su política de no reunirse con clientes directamente, le había negado varias veces una reunión, pero que, sin duda, podría acordar una de inmediato. Frank tomó de nuevo el papel y le dijo sonriendo a su lugarteniente que, solo, estaba comprobando algo, tras lo cual le bajó el perfil. Sabía perfectamente de quién estaba hablando su lugarteniente y le costaba creer no haber hecho la conexión, siendo tan evidente a la luz de la nueva revelación. Nunca hubiera imaginado el ascenso de su antiguo amigo a esas alturas, pero por qué sorprenderse si él lo había logrado también; además, habían pasado cerca de tres décadas. Desconcertado, se sentó pensando en el problema que se le presentaba.

Pese a que lo de su tío había salido bien, pasó mucho tiempo sintiendo, en una especie de delirio, los ojos invisibles de don Pablo mirándolo y esperando para castigarlo por su desobediencia. Sabía perfectamente que, si intentaba cualquier cosa contra uno de sus mejores distribuidores, era muy probable que su omnipresente patrón, que tenía contactos a todo nivel en el país, se enterara de alguna manera. El miedo superaba con creces la necesidad de venganza que sentía, por lo que intentó olvidar su odio a Ramiro en favor del negocio y de su propia vida.

Llevaban semanas intentando dar con alguna pista o con algo que permitiera sacar a Ramiro de la cárcel. La salud de Fernando se estaba deteriorando de a poco y él, constantemente, le preguntaba a Allen por su hijo. La respuesta se repetía y era que estaba haciendo todo lo posible por ubicarlo, mientras cada vez sentía con mayor pesar la desazón de su empleado, que se reflejaba en una mirada que evidenciaba una profunda tristeza y preocupación.

Camila lo había acompañado ese día y, mientras caminaban tomados de la mano por el pasillo de la clínica hacia la salida, él le comentó que no soportaría que Fernando muriera con el dolor de no haber podido conversar por última vez con su hijo. También le habló acerca del dilema que tenía con respecto a decirle la verdad o seguir apostando a que podrían liberarlo a tiempo. Le dijo que lo había pensado y estaba dispuesto a sobrepasar los límites legales para demostrar la inocencia de Ramiro y que era mejor que ella no se enterara de lo que estaba planeando.

– La última vez te perdí porque no pude decir lo que estaba sintiendo, no quiero cometer el mismo error, pero tampoco te quiero arrastrar hacia algo que te ponga en peligro – le dijo con una ternura que parecía ajena a la figura del rudo hombre en el que se había transformado.

Camila, sin decir nada, le apretó la mano y apoyó la cabeza en su hombro mientras suspiraba profundamente. Esa tarde en el departamento de Camila, mientras veían el noticiario en la televisión y la entrevista que le hacían a William sobre la apertura a la bolsa, recordó la carta que yo le había mandado unas semanas antes y recordó que estaría en la ciudad por esos días. Se levantó rápidamente y corrió a su escritorio, tomó la carta con ambas manos y la leyó nuevamente como si hubiera un gran secreto oculto entre sus letras. Tras comprobar las fechas, volvió con una pícara sonrisa a la sala e, inmediatamente, le contó a Allen acerca de mí, del plan que se le había ocurrido y de cómo yo podría ayudarlos a demostrar la inocencia de Ramiro. Marcó el primero de los números que le había indicado en la carta y, segundos después, le contesté creyendo que se trataba del taxi que había pedido para que me llevara al aeropuerto.

Estábamos sentados en la mesa del hotel cuando Camila comenzó a contarme la historia de Ramiro y de cómo, pese a que estaba a nombre de una sociedad de inversiones extranjera, habían dado con la casa de Franklin.

Después de que Ramiro les confesara acerca de su verdadero negocio y les entregara los detalles que debe haber considerado indispensables para que lo pudieran ayudar a salir de la situación en la que estaba, pero que distaban bastante de contar la historia completa, Camila y Allen habían hecho todo lo posible por dar con el paradero de Franklin, pero lo único que habían encontrado era la confirmación de que no había muerto y de que, aparentemente, se encontraba en Colombia. La historia me parecía una locura. Sobre todo, por cómo el destino, después de tantos años, nos había vuelto a reunir a los tres. Puede que lo que había bebido a esas alturas, me hizo querer escuchar lo que parecía un absurdo plan, o, al menos, reflotó las ganas de darle algún sentido a mi vida y terminar con la desidia con la que estaba viviendo hace años. Sin darme cuenta, comencé a participar opinando del plan y haciendo preguntas como si hubiese sido un detective que había estado resolviendo un caso por años. La idea de no volver a hacerle frente a lo que iba a terminar en un doloroso divorcio fue otra de las razones que me impulsaba a quedarme y participar en demostrar la inocencia de alguien que no conocía, haciendo equipo con la mujer de la que me había enamorado años atrás y su novio. Viéndolo en retrospectiva, no tenía ningún sentido lógico, pero mi estómago me hacía intuir que, al menos, sería divertido.

Ramiro tenía el contacto del lugarteniente de Franklin y lo citó a una reunión para discutir la expansión del negocio. Le dijo, sin darle explicaciones, que no iría personalmente y que enviaría a alguien. Estaba apostando a que se trataba de un acto de venganza, a que Frank era en realidad el Fantasma y a que nadie de su organización sabía del plan que había ejecutado. Eran muchos supuestos, sin embargo, cada vez la historia tenía más sentido.

Cuando llegó, el lugarteniente del Fantasma se sentó y, como lo hacía siempre, pidió una cerveza. Diez minutos después, Allen veía cómo se acercaba el administrador del restaurant con un teléfono inalámbrico que entregó al colombiano y la reacción de descontento que este tuvo cuando uno de los hombres de Ramiro le decía que no podría llegar a la reunión pero que debían saber si podrían aumentar al doble la cantidad de cocaína para la semana siguiente. Ramiro sabía y había predicho que el lugarteniente debía discutir esos asuntos con su jefe en persona y no por teléfono. Cuando comprobó que todo iba según el plan, Ramiro salió al estacionamiento, se subió a su automóvil y esperó a que el lugarteniente saliera. Cinco minutos después, lo siguió lo más discretamente que pudo hasta la casa donde se detuvo para bajarse a tocar el timbre. No pudo observar lo que pasó posteriormente, se vio obligado a seguir de largo para no ser descubierto. Por fin había dado con la casa del Fantasma.

Década de los 80, París, Francia

Aterricé en París como un sonámbulo. Intentaba acelerar el término de mi luto. Al llegar al aeropuerto me esperaba el chofer de uno de los socios con los que la constructora estaba haciendo negocios en Europa. William había arreglado todo muy amablemente, pero yo había decidido otra cosa en el vuelo.

Le entregué mi equipaje al conductor con la promesa de que lo recuperaría al día siguiente. Sin darle explicaciones, volví sobre mis pasos liberado de cualquier peso y tomé el Metro hasta la estación de Abbesses. El barrio de Montmartre siempre había sido mi favorito y había una cafetería en la que recordaba haber probado por primera vez café. Fue durante un viaje de negocios que hizo mi padre al que nos había llevado junto a Franco. Pese a que éramos unos niños, la ciudad nos había llamado la atención y nunca olvidé a la gente tomando café en pequeñas tazas, sentados mirando hacia la calle. Sentí la necesidad de volver a ese lugar en cuanto pisé la ciudad y me sentía tan solo que quería que, al menos, los fantasmas de mi hermano y mi padre me acompañaran. Mientras iba caminando por una empinada calle tuve la noción de sentirme libre, comencé a percibir mi respiración, entré en un estado meditativo, me sentía en paz y, sin darme cuenta, llegué a la basílica. La vista era espectacular y me senté en los escalones, cerca de un par de mendigos a los que observé por largo rato.

Una vez habíamos acompañado a William a una reunión con una minera, la constructora iba a cerrar un gran acuerdo para hacerse cargo de todas las obras y queríamos estar presentes como símbolo de que estábamos involucrados en el negocio. Al finalizar y tras firmarse el acuerdo, una desagradable mujer, en voz muy alta, intentando quizás caerle en gracia a William, nos dijo que éramos unos jóvenes muy afortunados. Franco la miró seriamente y le respondió con una sonrisa, a todas luces, irónica:

— Tenemos dinero, eso nos hace privilegiados. Pero cuando la vida te ha quitado más de lo que te ha entregado, nadie te debería llamar afortunado.

William y yo entendimos el sentido y de dónde venía la respuesta, con rabia, de mi hermano. Me alegré cuando la mujer miró nerviosamente al resto de la sala buscando aprobación, tras darse cuenta de que no había caído bien su intento de adular.

Mientras miraba a los harapientos personajes pidiendo limosna, me encontré envidiando su libertad. La poca cordura que quedaba en mí hizo que recordara esa escena. Yo era en ese caso la mujer y estaba mirando un cuadro sin entenderlo en profundidad, no pudiendo medir el nivel de angustia o desesperanza de esos seres humanos a mi lado que yo, fatuamente, consideraba seres afortunados y libres. Decidí en ese instante que intentaría comenzar de cero en esa bella pero cruel ciudad.

Llamé a William y le hice saber que había llegado bien, le conté de mi plan y me hizo comprometerme a llamarlo regularmente. Antes de colgar, dijo que le habría gustado ser tan valiente como yo, que mi padre estaría orgulloso y que me quería. El nudo que se hizo en mi garganta no me permitió responderle por lo que, muy a mi pesar, colgué. Comencé a vagar sin rumbo y me encontré en la *Place du Tertre* donde recordaba haber estado cuando niño. Me congelé por unos segundos al ver la mesa donde nos habíamos sentados hace años con mi padre y dos de sus socios en una terraza bajo un letrero que tenía escrito *La Mère Catherine*. Avancé de prisa intentando ganarle la mesa a una familia de turistas que estaban caminando frenéticamente hacia el lugar donde pensaba me había llevado mi destino y, de una manera muy mal educada, casi atropello a la escuálida niña que se iba a sentar adelantándose a su familia para reclamar la mesa. Aún recuerdo la cara de espanto de la madre cuando me vio saltar sobre la silla en el segundo que la niña, ya afirmando el respaldo de una de las sillas con sus manos, la miró buscando la confirmación de que esa era la mesa que la habían mandado a conquistar para ellos. Algo se apoderó de mí y, mintiendo, le dije que esperaba a mi familia. Me habría gustado que fuese cierto. Esa tarde cené solo, en aquella mesa, bajo la mirada atenta de la familia y la niña que, sentados en un rincón al interior del local, esperaban con atención a que llegara mi familia, habiéndose dado cuenta probablemente desde un inicio de mi engaño.

También hice trampa, unos días después, con mi alojamiento. Fue a mí mismo. Necesitaba dormir en algún lugar y me había enamorado de un departamento que se alquilaba con una hermosa vista de la ciudad. Hice una pequeña gran modificación en mi plan de partir de cero. No iba a ser capaz. Decidí partir de cero con un departamento, muebles y una no despreciable mesada. Uno de nuestros socios, que me enteré tiempo después había sido uno de los que cenó con nosotros en *La Mère Catherine* años atrás, se encargó de todo gracias a William.

Me hice rápidamente de amigos, gracias a ese maravilloso departamento y a las reuniones que empecé a organizar. Comenzó una etapa de promiscuidad en mi vida de la que no me arrepiento, pero tampoco me siento orgulloso. Recuerdo a pocas mujeres con las que estuve en esa época. Pasada la euforia de la noche, llegaba inexorablemente una sensación de angustia que me acompañaba el resto del día y que solo disipaba con más alcohol y drogas. No recuerdo haber trabajado ni un solo día en los cinco años que pasaron hasta que, una mañana, en un café, conocí a la que se transformaría en mi esposa.

Intentando darle privacidad para que fuera al baño tranquilamente, había ido a buscar café para mí y para la chica que había amanecido conmigo aquel día. Estaba entrando a la cafetería de mi cuadra y me fijé en la guapa chica que estaba leyendo un libro turístico de Inglaterra, mientras tomaba su café. Al darse cuenta de que la estaba mirando, dejó el libro y me devolvió la mirada con una sonrisa. Cuando venía saliendo con los dos cafés en la mano, me la encontré, nuevamente, complicada con un turista que le estaba hablando en inglés, idioma que, pese al libro, ella no dominaba. Hidalgamente fui a su rescate y dirigí al turista hacia su destino, sin saber si eran correctas mis direcciones, pero queriendo sacarlo cuanto antes de entre ella y yo. Mientras ella me lo agradecía aliviada, sin preguntarle me senté en la mesa y le entregué uno de los vasos de café. Almorzamos juntos más tarde en el mismo lugar y no volví a saber de otra mujer.

Le gustaba la historia, la buena comida y, para mi deleite, el vino. Cuando dos días después la fui a buscar, conocí a su padre que, para mí desconcierto, apenas entré en su casa, me preguntó a qué me dedicaba. Avergonzado de contarle la verdad, inventé que trabajaba en una empresa inmobiliaria. Al día siguiente, solicité a nuestro socio en Francia que me diera un trabajo en alguna de sus oficinas y comencé a trabajar de analista en Bouygues, sin que nadie supiera mi relación con la empresa o sus dueños.

Habíamos salido por dos años y nos llevábamos bien, sin embargo, habíamos caído en una monotonía que a ninguno parecía disgustar demasiado pero que, a mí, no me terminaba de llenar. Parecíamos estar llegando al inexorable fin de nuestro tiempo juntos cuando me dijo que estaba embarazada. Un minuto después de haber escuchado la noticia y, sin haberlo pensado mucho, le dije que nos casáramos, esperando quizás que el formar una familia me devolvería la alegría.

Un mes después, en una ceremonia pequeña y bajo la atenta mirada de sus padres, nos casamos sin que hubiese ningún invitado por parte del novio.

Durante la luna de miel en la Costa Azul, Celine tuvo una pequeña caída mientras bajaba una escalera, la que le generó una hemorragia que los médicos solamente pudieron controlar con una operación. El embarazo llegó a su fin, así como las posibilidades de que ella volviera a ser madre. De ahí en adelante, ni todo el cariño que intenté entregarle pudo sacarla de la depresión en la que cayó. Mi vida se transformó, los primeros años de matrimonio, en intentar sin éxito, subirle el ánimo o hacerla feliz. Entendí, tiempo después, que la felicidad no se la podía dar yo ni nadie, ella tenía que buscarla en su interior. Dejé el trabajo, del que de todas maneras nunca viví, pensando equivocadamente que podía mejorar las cosas, pero solo empeoró la situación y fue por esa época que comencé a pensar en un divorcio y continuar con mi vida, pero hasta el día de hoy no había tenido el valor.

No trabajaba en la empresa que había fundado mi abuelo, nunca lo había hecho, sin embargo, conocía el negocio a la perfección. Haber trabajado en

Francia, comenzando desde abajo, me había entregado una visión aun mayor del negocio y buscando escaparme de la tediosa realidad le pregunté a William si le molestaba que tomara de facto la presidencia del grupo. Hasta ese entonces, yo era el presidente, pero le había entregado poderes a William, es decir, pese a que mantenía el título, no hacía nada. Él había manejado la empresa desde la muerte de mi padre y lo había hecho de gran manera. Yo podía hacer lo que quisiera, pero habría sido un error grosero no preguntarle antes. No le di razones, creo que adivinó que necesitaba una excusa para salir de Francia. La relación con Celine funcionó mejor durante mis ausencias y cuando estaba en París recurríamos al alcohol la mitad del día que ella no estaba acostada con la mirada perdida en el infinito.

Dos años después de haber tomado mis funciones como presidente del grupo, viajé a China en uno de los escapes que había comenzado a esperar con ansias. Durante el viaje, mientras negociaba con unos proveedores de materiales, William me llamó a las tres de la tarde hora de Shanghái. Para él eran las tres de la madrugada, lo que hizo que me preocupara bastante, sobre todo cuando lo escuché con una voz alterada que no le oía desde el día en que murió mi padre.

– Necesitamos hacer pública la empresa, si no lo hacemos nosotros, alguno de los competidores se nos adelantará – dijo sin siquiera respirar.

Estaba muy excitado y, al parecer, no había dormido hace días pensando en esa idea. Debo admitir que solo pensar en los trámites que había que hacer me desincentivó. Le dije que lo pensaría y que lo habláramos cuando terminara mi viaje. Estaba casi convencido de que mi respuesta sería un rotundo no.

Curiosamente, sentí la necesidad de comentárselo al dueño de la fábrica a la que le estábamos comprando vigas y planchas de fierro, quien luego de escucharme atentamente y en un inglés muy deficiente, me contó acerca de un monje que, agobiado de estar todos los días en el monasterio, le había solicitado permiso a su maestro para acompañarlo en sus salidas a observar el mundo y aprender. El maestro había accedido con una sola condición: que su discípulo le obedeciera sin cuestionar nada, a lo que el discípulo accedió. En el primero de sus viajes juntos y cuando los estaba pillando la noche, discípulo y maestro solicitaron a una familia muy humilde que les diera alojamiento. Durante la cena en esa humilde choza, la familia les ofreció solo leche y queso pues no tenían nada más. El maestro les pidió que cada uno le dijera a su discípulo acerca de la posesión más importante que tenían. El dueño de casa, su esposa, la madre de esta y los tres pequeños hijos coincidieron en que la vieja vaca que pastaba afuera era lo más preciado que tenían. Les daba la leche que tomaban y de la que sacaban la mantequilla y el queso que comían. De hecho, era el único medio de subsistencia que tenía la humilde familia subrayaron. Antes de dormir, el maestro le dio la orden a su discípulo de que tomara la vaca y la llevara lejos, asegurándose de que no pudiera ser encontrada. El discípulo se negó inicialmente a despojar a esa pobre y generosa familia de su único medio de sustento, pero el maestro le recordó la promesa que le había hecho y el discípulo accedió, de mala gana, a cumplir con los deseos del maestro. Cuando volvía de su misión, estaba tan enojado con el maestro que decidió no parar en la choza y seguir de largo su camino. El maestro no era quien él pensaba y no era un sabio sino, más bien, un hombre cruel que nada podría enseñarle. Volvió a buscar a la vaca, pero no la pudo encontrar, probablemente alguien se la había llevado o los lobos la habían matado. Con un gran dolor por el daño que le había causado a la familia, se propuso ir a la ciudad y trabajar hasta reunir el dinero para comprar una vaca y dársela a quienes había arruinado por seguir las instrucciones de un ignorante y cruel maestro.

Trabajó arduamente por dos años y pudo comprar una robusta vaca lechera que, además, estaba preñada por lo que pronto le daría un ternero a la pobre familia.

Luego de dos días de marcha llegó con la vaca, al lugar donde recordaba que estaba la choza y se encontró con una pintoresca hostería, con una huerta tras la que había un corral con dos vacas y una pequeña laguna con patos. Preocupado por no poder cumplir su cometido después de tanto tiempo, el discípulo preguntó apesadumbrado a uno de los niños que jugaban con unas gallinas por el destino de la humilde familia que había vivido en una choza dos años antes en ese lugar. "Somos nosotros", respondió el niño animado y, ante la cara de incredulidad del discípulo, el niño continuó contándole que en esa época solamente tenían una vaca de la que obtenían todo para vivir y que un día desapareció. Al principio sus padres se habían preocupado mucho ya que no sabían cómo iban a subsistir. Ese día el padre los reunió a todos y les pidió soluciones, tuvieron que pensar mucho – había dicho el pequeño. Sabían que la tierra era muy buena para plantar verduras, y plantaron un huerto que floreció y dio frutos rápidamente. Con las verduras de las que no se alimentaban habían hecho intercambio por otros alimentos y el resto las vendían. Con el dinero que ganaron compraron algo de ganado, parte del que vendieron y, con ese dinero, pudieron transformar y ampliar la choza, alquilar habitaciones y ahora tenían el único hotel del pueblo.

– *Ganbei* – dijo mi anfitrión en voz alta y sonriéndome en cuanto terminó su historia, mientras alzaba su copa de vino.

Llegué a mi hotel y marqué el teléfono. Eran las once de la noche y, también, eran las once de la mañana para William, que estaba en medio de una reunión. Le pedí a su secretaria que no lo interrumpiera pero que por favor le dijera que mi respuesta era un rotundo "sí". El extraño cuento de la vaca me había hecho entender que necesitaba salir de la inercia para poder avanzar y era, justamente, lo que llevaba casi una década buscando hacer. Avanzar.

Nunca había visitado una cárcel ni tampoco pensé que lo haría alguna vez. Había visto en películas lo impactante que era, pero ahí no te enteras del olor.

Ya estaba convencido de que participar en el plan de Camila y Allen le daría algo de emoción a mi vida. Sin embargo, puse una condición: reunirme con Ramiro, mirarlo a los ojos, escuchar su relato y decidir por mí mismo si creer o no en su inocencia, la piedra angular de todo el asunto que nos había vuelto a reunir después de tantos años.

En ese momento yo no estaba al tanto de sus actividades ilícitas; de haberlo sabido no habría accedido por ningún motivo a participar en demostrar su inocencia. No por algún tipo de juicio moral, sino por un interés netamente económico. Mi empresa se haría pública pronto y cualquier escándalo repercutiría en la operación, sobre todo si el presidente del grupo tenía relaciones con un poderoso narcotraficante. Pese a que Ramiro había sido sumamente hábil en el manejo de sus negocios y no había ningún rastro que llevara a la gente a pensar que ese esforzado empresario que venía de la absoluta pobreza hubiese realizado algo fuera de la ley, sabía que el estar acusado de homicidio lo pondría bajo una lupa y, de seguro, los investigadores darían con algo que evidenciara el origen de su fortuna. Ramiro intuía esto y había instruido al socio principal del gran estudio legal, de que se asegurara de que, a menos que los abogados asignados al caso pudieran demostrar su inocencia absoluta, lo dejaran en la cárcel. Sabía que el tener encerrado al único sospechoso calmaría a la policía y le quitaría profundidad a la investigación.

Entramos con Camila a la sala donde minutos después trajeron esposado a Ramiro. La sala tenía mala ventilación y aún se sentía un tufillo de la reunión anterior en el denso aire. Ramiro se sentó y con un gesto de su cabeza al que sumó un recogimiento de hombros me dio a entender que no podría corresponder con un apretón de manos a mi brazo extendido ya que el guardia no lo permitiría. Una vez que los tres estuvimos sentados en silencio, Camila miró al guardia que salió cerrando, nuevamente, la puerta tras él. Pude sentir una ráfaga de aire fresco entrar y alivianar brevemente el ambiente.

Ramiro ya estaba al tanto de quién era yo hace tiempo. Él había aprobado el plan de Camila, sin embargo, no sabía de la condición que había puesto el día anterior.

Ramiro contó en detalle su historia, pero, para sorpresa de Camila, profundizó más en su relación con Franklin y en los días anteriores a su arresto. Al percatarse de la cara de sorpresa de su amiga, nos explicó que estaba totalmente convencido de que había sido él y había detalles que calzaban a la perfección. Miró a Camila y, tras un silencio en que pareció querer transmitirle telepáticamente sus pensamientos, le dijo: "Entendí todo".

Le pregunté qué era lo que más extrañaba de su vida en libertad, intentando leer su carácter a través de la respuesta.

– El silencio – me respondió suspirando.

Luego nos explicó que, en la cárcel, siempre había ruido, llantos, gritos de alguien que estaba siendo golpeado o violado, conversaciones entre reclusos; desde que entró a ese lugar no había vuelto a sentir el silencio y era, por lejos, lo que más extrañaba.

Decidí que era inocente y que lo ayudaría.

El centro comercial donde se había cometido el asesinato estaba siendo construido por una de mis empresas. En las construcciones siempre se mantenían cámaras para controlar la obra y evitar el robo de materiales. De hecho, una cámara del estacionamiento había registrado el crimen, pero el asesino siempre se mantuvo de espaldas, con un gorro y cubierto por un abrigo. Esa grabación estaba en manos de la policía y había sido entregada a Camila y a los otros abogados. Se veía perfectamente cómo Jano había conversado con su asesino, cómo este lo abrazaba, cómo Jano sonreía y luego seguían conversando. Se vio cómo le entregaba el papel, el disparo en la cara y, luego, al asesino registrar el cuerpo, quitarle el reloj, la billetera y acercarse al cuerpo. Pese a que no se apreciaba ningún detalle, la policía había concluido tres cosas cuando revisaron por primera vez el video: la víctima conocía al asesino; era muy difícil que alguno de los dos estuviera al tanto de la existencia de la cámara que estaba semi oculta;

y el crimen había sido motivado por algo que mantenía oculto la víctima (pensamos debido a la entrega del papel y el registro posterior del cuerpo). El ángulo de la cámara mostraba la mitad superior del asesino y nunca se le vio caminando por lo que no había forma de comprobar la tesis de las huellas que había inferido Camila, tras ver las fotos de la escena del crimen.

Lo otro que necesitaban de mí y que fue por lo que insistieron en mi participación, me pondría en una difícil posición ya que, por primera vez, debía mentirle a William.

Ninjitsu era la habilidad de los soldados de los señores feudales de Japón, para obtener información y crear relaciones personales que permitieran evitar una guerra; recolectar datos importantes, asesinar a personas claves o, en caso de no poder evitar la guerra, ganarla. Vestían como una persona normal para pasar desapercibidos. Terminada la guerra civil en el siglo XVII y al no regirse por estrictos códigos, como los Samuráis, en las obras de teatro del Japón del siglo XVIII comenzó a representarse a los ninjas como los antagonistas y, para darle mayor efecto a la identificación dramática, los personajes malvados de las obras teatrales eran vestidos completamente de negro, como se los conoce actualmente.

En el mundo del narcotráfico, los ninjas se parecían bastante más a los del siglo XVII que a la interpretación moderna. Se les llamaba así a los encargados de las operaciones especiales, expertos en infiltración y contrabando. Normalmente eran los más jóvenes de la organización, bajos físicamente y carentes de cualquier característica especial que facilitara su identificación ya que, al igual que los ninjas originales, debían pasar desapercibidos. Dentro de la organización, el jefe tenía a su disposición a los sicarios para enviar claros mensajes a sus rivales o a quienes lo traicionaban y a los ninjas para cualquier tipo de operación que no pudiera ser rastreada. Esa era la principal diferencia entre estos dos tipos de soldados del crimen.

Ramiro nos explicó esto para contarnos que, una semana antes de su arresto, había notado algo extraño en su automóvil pero que no le había prestado mucha atención. Luego notó que su caja fuerte había sido abierta, ya que tenía un contador remoto de aperturas que marcaba un número más que la última vez que lo había revisado. Sin embargo, comprobó que no faltaba nada y sospechó, inmediatamente, de que algo andaba mal. Un día después, llegó a arrestarlo la policía.

Cuando se enteró de la muerte de su mejor amigo se sentó por varias horas en completa oscuridad. Era la mayor de las muchas pérdidas que había experimentado en la vida. Le pareció injusto que hubiesen matado a Jano. Creyó que su asesino buscaba quedarse con el auto, pensando que era de Jano. Por trabajar honestamente Jano había seguido siendo pobre y lo habían matado para robarle algo que no era suyo; mientras, él estaba ahí, nadando en dinero, gracias a una vida de ilegalidad. Era una cruel ironía. Estuvo varios días sin salir de su casa, pero en el mundo del crimen uno no puede desaparecer por mucho tiempo. Muy a su pesar, tuvo que volver a hacerse cargo de sus negocios unos días después, sintiendo un gran peso sobre el pecho.

Franklin sabía que tenía que dejar pasar un tiempo antes de poner en marcha la siguiente etapa de su plan. Utilizaría a su equipo de ninjas para plantar la pistola en el automóvil de Ramiro y luego, tras colocar el reloj y la billetera en la caja fuerte de su antiguo amigo, un detective que estaba en su nómina diría que recibió un dato anónimo. Para que el plan tuviera éxito, el equipo necesitaba estudiar bien los movimientos de la víctima y recolectar información acerca de la ubicación y el modelo de la caja fuerte, el automóvil y los sistemas de seguridad. Las operaciones siempre debían hacerse en, al menos, dos etapas, recolección de inteligencia y ejecución. Estas etapas no podían mezclarse ni apurarse ya que los profesionales se preocupaban de todos los detalles, no dejaban nada al azar. No podían llevar la evidencia consigo pues, si no podían abrir la caja fuerte o el automóvil y eran descubiertos, la evidencia sería inútil y los inculparía. La paciencia y minuciosidad caracterizaban al equipo de ninjas que trabajaban para el Fantasma y que eran dirigidos por Jason, un colombiano que había sido enviado directamente por el Patrón para apoyar la operación de Franklin tres años atrás.

Con la excusa de que uno de los distribuidores estaba colaborando con la policía, Frank encargó la operación al equipo de Jason.

En las primeras expediciones descubrieron que el automóvil de Ramiro no estaba blindado, parecía absolutamente normal. A Jason, que era joven pero contaba con muchísima experiencia, le extrañó la falta de protección del coche, sin embargo, celebró la astucia de Ramiro cuando descubrió, en la segunda revisión, un pequeño cable que dejaba en evidencia cuando alguna puerta era abierta. Comprendió de inmediato que debían ser más acuciosos en sus revisiones.

Era imposible manipular el cable sin ser descubiertos, así que, junto a los tres ninjas de su equipo, decidió utilizar el sistema a su favor, cuatro días antes de plantar el arma. A los ninjas tampoco les costó mucho entrar a la casa de su víctima y descubrir dónde tenía la caja fuerte. Jason se sorprendió por el bajo perfil de Ramiro, dada su importancia en la distribución local. Una vez que lograron identificar, tras mucho estudio, el único punto débil, entraron fácilmente por una ventana y dieron con la caja fuerte que estaba en un armario en el cuarto principal. Era un modelo moderno, pero ellos sabían cómo abrirla y no se demoraron más de tres minutos en hacerlo. La operación no era compleja.

Ramiro, siendo muy inteligente, tenía escondido su dinero y documentos en diferentes lugares que contaban con mucha seguridad, sistemas muy sofisticados y alarmas. Había dejado su casa y automóviles intencionalmente accesibles y no mantenía nada de mucho valor o incriminatorio ahí, anticipando, como era habitual en él, los distintos escenarios en los que a la policía o a algún rival se les ocurriera revisar de improviso algo. Se había preparado perfectamente para cualquiera que decidiera buscar o robarle algo, sin embargo, nunca planificó impedir que le dejaran cosas.

Durante tres días seguidos y en diferentes horarios abrieron y cerraron la puerta del acompañante. Ramiro, pensando que su eficiente sistema de alarma había tenido un desperfecto, dejó de prestarle atención con la promesa de enviarlo a revisión a su propio negocio automotriz unos días después, cuando tuviera tiempo. Ese martes era el treinta de noviembre de mil novecientos noventa y tres, era fin de mes y debía revisar todos los pagos de salarios, alquileres y trámites, algunos de los que hacía personalmente, por lo que no tendría tiempo para nada más hasta el fin de semana. El primero de diciembre, Jason personalmente, mientras los demás ninjas hacían guardia, dejó la pistola bajo el asiento del acompañante, sacudiendo la bolsa que la contenía rápidamente para que cayera justo en el lugar que había elegido días atrás, un ángulo que haría imposible que el conductor la viera, pero que la dejaría en evidencia para cualquiera que abriera la puerta trasera.

Recién al día siguiente alertarían a la policía, para así tener mayor probabilidad de que el arma recoja partes de la alfombrilla del suelo y reparta, con el movimiento y las vibraciones del motor, partículas de sangre y pólvora que harían parecer que la pistola llevaba un tiempo ahí. Luego, sabiendo que le tomaría a la policía varias horas ir a revisar y para evitar que Ramiro los encontrara anticipadamente, plantarían el reloj y la billetera en la caja fuerte que, sin duda, revisaría la policía durante su investigación y con el sospechoso detenido para que no pudiese alterar las pruebas.

El primero de diciembre a las dos de la tarde, Franklin llamó al detective para poner en marcha el proceso, mientras Jason se paseaba nervioso frente a él. Uno de los ninjas estaba esperando en la casa de Ramiro y les avisaría cuando la policía llegara a revisar el soplo anónimo que había recibido y encontrara el arma en el automóvil. El mismo detective realizaría el arresto. Todo estaba saliendo a la perfección y el equipo no sospechaba nada ya que operaciones para dar de baja a un soplón o traidor era algo que estaba permitido y que ni siquiera tendrían que informar al cartel en Colombia pues había sido encargada por el jefe local.

A las ocho de la noche, mientras estaba comiendo solo en su casa, llegó la policía con una orden para revisar el lugar. Ramiro muy tranquilo los hizo pasar y les dijo que revisaran lo que quisieran, mientras, él seguiría comiendo. No le pareció para nada extraño que la policía revisara a los cercanos de una víctima de homicidio, sobre todo, cuando se trataba del chofer de un conocido y mediático empresario. No alcanzó a entender, sin embargo, lo que estaba pasando cuando un detective le puso las esposas y otro, usando guantes de látex azules, introducía una pistola que él nunca había visto, en una bolsa que luego sellaría. Pidió de inmediato que llamaran a sus abogados, lo que solo pudo hacer cuando ya estaba siendo procesado por homicidio.

El ninja que observaba la escena estacionado afuera llamó a Jason cuando la policía se fue con el detenido. Acordaron que, al día siguiente en la noche, plantarían el resto de la evidencia incriminatoria en la caja fuerte.

Franklin estaba muy excitado, ese día comenzaba la última fase de su venganza. La vida había sido cruel con él, pero gracias a su paciencia y perseverancia ahora sería recompensado– pensó. Cerca de las cuatro de la tarde, salió al jardín con una copa en una mano y un puro en la otra. Se paró frente al árbol de pomelo, agradeciéndole a la virgen, pese a que no se convencía de creer en ella, rogando por el éxito de la operación. Escuchó cómo sonaba el teléfono, pero no quería ser molestado por lo que no respondió ninguna de las quince llamadas que recibió. Cuando terminó de fumar ingresó a su casa con la copa en la mano mientras el teléfono seguía sonando insistentemente. Antes de contestar y suspirando de tedio encendió la televisión. Sin darse cuenta dejó caer la copa. Pablo Escobar estaba muerto, estaba en todos los noticieros. Ahora todo su negocio estaba en peligro y su vida en riesgo. Rápidamente citó a Jason y a sus otros tres hombres de confianza, debía actuar rápido y ponerse en contacto con Colombia para entender la situación. Sabía que la policía colombiana, el ejército y la DEA no harían ni habían hecho pública toda la información; el peligro era inminente y podrían caer sobre él sin que se diera cuenta. Luego de la breve reunión que mantuvieron en su casa decidieron que se mantendrían ocultos hasta que volviera la calma y supieran que no serían arrestados o asesinados por sus rivales. Frank recordaba, de su experiencia en el río, que era fundamental mantener la calma y la cabeza fría en los tiempos de caos.

La noticia le llegó a Ramiro mientras estaba en la cárcel. No entendía cómo el arma había llegado a su automóvil, pero sabía que el lugar más seguro para estar en esos momentos era en la cárcel donde abundaban los contactos y la gente que lo protegería, pese a que era su primera vez tras las rejas. Sabía que alguien estaba atacándolo, pero no estaba seguro quién ni por qué. La muerte de Pablo Escobar pasó a ser un problema menor ya que él podría comprarle a quien lo reemplazara en Colombia o cambiar de proveedor esperando un tiempo.

Necesitaba entender contra qué y quién se estaba enfrentando, lo demás era secundario. Supo, de inmediato, que la muerte de Jano no había sido un robo ni una coincidencia, lo habían asesinado para llegar a él. Para tenerlo exactamente en el lugar en el que estaba.

Una de mis funciones dentro del equipo era conseguir los planos de la casa del Fantasma, usando la vasta red de contactos que tenía el grupo. Iba a ser bastante fácil averiguar cuál había sido la constructora que había hecho la obra y, más aún, la oficina de arquitectos. Lo que sería sumamente difícil iba a ser conseguir los planos de la casa sin levantar sospechas. Las casas construidas antes de mil novecientos ochenta solo contaban con planos de arquitectura físicos. Necesitábamos los detalles para poder seguir el plan de Ramiro.

Entendiendo el desorden que habría en la organización del Fantasma, Ramiro pidió a uno de los guardias que lo dejara hacer una llamada y marcó el número del lugarteniente al que le decían "el colombiano". Sin decirle que estaba en la cárcel le preguntó por el estado del negocio y la situación en la que estaba la organización con la muerte del líder del cartel de Medellín. El hombre le confirmó que no sabía mucho ya que todos estaban ocultos por el momento. Evidenciando que no esperaba la llamada y, en tono de confianza, le preguntó espontáneamente a Ramiro, quizás impulsado por el miedo que debe haber sentido con la decapitación de su organización, si podría brindarle protección, ya que todos eran blancos válidos al no contar con el respaldo del patrón. Le contó que debía salir de su escondite para destruir lo que su jefe tenía en la caja de seguridad y temía ser una presa fácil para las organizaciones rivales. Ramiro supo, en ese momento, que necesitaba que la policía encontrara el contenido de la caja antes de que fuera destruida. Tenía poco tiempo y debía asegurarse de que el contenido no fuera a incriminarlo más, antes de guiar a la policía a descubrirlo. Si se equivocaba y, en lugar de las cosas de Jano encontraban una lista de clientes con su nombre o algo similar, estaría cavando su propia tumba y no tendría ninguna forma de salir de la prisión.

Necesitábamos saber el contenido de la caja de seguridad antes de que lo destruyeran y esa sería mi misión.

Habían pasado tres días desde que, intencionalmente, perdí el vuelo. Le avisé a Celine, disfrazándolo de algo relacionado con el trabajo y me sorprendí con la tranquilidad que tomó la noticia. No sentía una emoción especial por volverla a ver, pero debo admitir que la especie de alivio que sentí en su voz me sorprendió y generó en mí una forma de ansiedad que desconocía. Mi ego había tomado el control y dominado, por lo que lo sentí como una afrenta. Comenzó a transmitirme sentimientos de odio, excitación y, quizás, algo de admiración por esa mujer que, por fin, había logrado generar nuevamente algún tipo de emoción en mí y, aunque no era precisamente lo que uno espera de un matrimonio, al menos era algo. También había llamado a William para avisarle que había perdido el vuelo y que aprovecharía de quedarme unos días más.

William se había transformado en una especie de padre, prácticamente se hizo cargo de mí cuando era un adolescente. Intentando evitar enfrentar lo que había significado una infancia emocionalmente dura, maduré tarde en la vida y, si no hubiese sido por la preocupación y estricta guía de Will, mi destino podría haber dado un giro hacia la perdición, dado el enorme poder y dinero que tuve a una muy temprana edad. La mejor forma que se me ocurre de graficar lo que William significaba para mí es hacer el paralelo con lo que Alfred fue para Bruce Wayne. Basta decir que cuando vi la película lloré desconsoladamente en la sala de cine sin que Celine o el resto de los franceses que me rodeaban, en su mayoría niños, pudieran evitar mirarme de reojo desconcertados, ya que era una película de acción.

Había llegado quince minutos antes y me había sentado en la terraza de la cafetería donde le había pedido que nos reuniéramos. Me había dado cuenta de que, en cierta forma, cada vez que nos reuníamos en las oficinas de la empresa, ineludiblemente le quitaba algo de poder a William, aunque fueran pequeñas pizcas, ya que se hacía evidente que él no era la máxima autoridad en la empresa. Desde que tomé efectivamente la presidencia, había estado en contacto directo con algunos gerentes y, de vez en cuando, me hacían llegar sus inquietudes acerca de decisiones de su jefe con las que no estaban de acuerdo. Algunas eran razonables, pero otras iban con una evidente segunda intención. El grupo tenía un dueño, un gerente y yo estaba absolutamente convencido de que los juegos políticos no hacían más que destruir la empresa privada, haciendo llegar a los puestos de poder a la gente más incompetente, cuyo único mérito era ser buenos actores, nunca decir lo que piensan realmente y solo hablar lo que creen que la contraparte quiere escuchar. Administradores y no gestores. Era algo que recordaba haber escuchado a mi padre comentar con el, en ese entonces, joven William: "Si hay dinero de por medio, desconfía".

Había decidido hace tiempo que los empleados debían ver al gerente general como la máxima autoridad y evitaba aparecerme en la oficina a menos que fuera en compañía del resto del directorio, del que Will también era parte. Había además eliminado mi oficina, transformándola en sala de reuniones como otro símbolo de que la oficina más importante era la del gerente general. Otra de las cosas que había aprendido a temprana edad, era que no podía demostrarle a William el cariño que le tenía en la oficina. Dado su carácter inglés, le gustaba mantener una formalidad que, a Franco y a mí, nos había costado entender. Tras la muerte de mi padre, íbamos a verlo periódicamente a la oficina y nos comportábamos como los adolescentes que éramos. La primera y única vez que lo vi perder la compostura fue un día en que, mientras Franco utilizaba una patineta en el pasillo y yo leía un libro recostado con las zapatillas arriba del elegante sillón de cuero, salió de su oficina perturbado por el ruido que las pequeñas ruedas hacían contra el suave piso de madera y, sin importarle el destino de la patineta que salió disparada, tomó fuertemente del brazo a Franco y, mientras lo dirigía a su oficina sin decir ni una palabra, me pegó una fuerte palmada en la cabeza indicándome que me levantara y los siguiera. Una vez dentro de su oficina y sentados en silencio, cerró la puerta y su cara tomó una postura menos estricta que la de los segundos precedentes, haciéndonos ver, con un tono calmado de voz, que había sido en gran parte una actuación. A puerta cerrada, nos dijo que nosotros dirigiríamos la empresa algún día, que el respeto era algo que se construye con mucho trabajo y que se destruía con mucha facilidad. Nos dijo que entendía el dolor y miedo que podíamos estar sintiendo, pero que teníamos todo el mundo para demostrar nuestra juventud, pero que dentro de la empresa por favor nos comportáramos dando el ejemplo de cómo creíamos que nuestro padre se comportaba. También fue la única vez que lo vi emocionarse. Cuando se levantó, nos dio un beso a cada uno en la frente y luego sacudió con la mano mi pelo como intentando borrar el golpe que me había dado anteriormente y nos abrazó a los dos. El mensaje fue recibido por ambos, desde ese día nunca volvimos a ir vestidos sin chaqueta a la oficina o a comportarnos de alguna manera que no fuera lo que esperábamos de cualquiera de nuestros empleados.

Teniéndolo sentado frente a mí, no pude mentirle por lo que decidí contarle la verdad y esperar el inevitable juicio que vendría después. Para mi sorpresa no me hizo muchas preguntas, anotó la dirección en una servilleta y me dijo que, probablemente, durante la mañana del día siguiente podría tenerme los planos. Con respecto a los videos no habría problema ya que los tenía en su oficina, no todos los días asesinaban a alguien en una de nuestras obras. Pasado rápidamente el tema comenzó a hablarme de cosas de trabajo y estuvimos en eso al menos tres horas. Cuando volví al hotel solo quería descansar. En cuanto sonó el teléfono, contesté adivinando que sería Camila. Me dijo que pasaría por mí en treinta minutos. Aún tenía ese poder sobre mí. El cansancio que tenía se desvaneció y apareció una inocente ansiedad que hizo que los treinta y tres minutos que pasaron entre la llamada y el verla en el lobby del hotel parecieran una eternidad.

Llegó sola y decidimos ir al bar del hotel a tomarnos algo. Era la primera vez, desde que me pidió que me fuera de su casa años atrás, que estábamos solos y que hablamos de algo que no estaba relacionado con el caso de Ramiro. Le conté, nuevamente, de mi matrimonio, de lo que había sido mi vida desde que nos vimos y de la soledad que sentía. Ella me contó de lo que había significado para ella la vuelta de su madre un año antes y el vacío que se había generado con lo que había pasado después del accidente. Dijo que sentía no poder conectar con nadie desde ese día. Lloró y me tomó la mano. Secándose las lágrimas, me dijo que el reencuentro con Allen y volver a verme a mí, la habían hecho después de mucho tiempo, volver a sentir amor. Que me había extrañado mucho y que yo era uno de los únicos amigos que ella había tenido, que sentía como si no hubiera pasado el tiempo y, agregó juguetonamente, que lamentaba que mi matrimonio no estuviera bien pero que envidiaba mi vida en París. Mientras la veía jugar con su pelo cuando hablaba, mostrándose tan vulnerable y cercana, no pude evitar imaginarme que ella era Celine y que yo era feliz.

Antes de que se fuera, planificamos el día siguiente. Le comenté que tendría los videos originales y los planos; acordamos reunirnos en una de las oficinas de la constructora a las cinco de la tarde para revisar todo.

Había pedido que reservaran la sala de reuniones de la constructora que quedaba en el tercer piso del edificio corporativo. No había ido en años ya que, cuando tenía las reuniones de directorio, llegaba directamente a la gerencia del grupo que quedaba en el piso quince. En la entrada había una foto de mi abuelo, otra de mi padre y la mía. La joven secretaria casi se tropieza cuando fue a recibirnos sin poder esconder su nerviosismo. Aún me costaba aceptar la reverencia de los empleados de la empresa y me daba un poco de pudor ya que, pese a que era efectivamente el dueño, la empresa la había fundado mi abuelo, había crecido con el trabajo de mi padre y William la había manejado exitosamente hasta ahora, razón por la cual su foto debía ir en la pared en vez de la mía.

Nos habíamos encontrado en el primer piso donde los había estado esperando unos minutos. Salvo por el saludo, no hablamos hasta que estuvimos sentados dentro de la sala con la puerta cerrada, lo que le dio un aire adicional de misterio a nuestra misión secreta. Sobre la mesa me habían dejado un tubo de cartón con el set completo de planos de la casa de Franklin. No había costado mucho conseguirlos ya que William conocía al dueño de la empresa de arquitectos. Puesto en el reproductor estaba el video del homicidio. Solo Camila había visto el video; con un poco de morbo les dije que partiéramos por ahí. Quizás porque las películas me habían acostumbrado a ver escenas de violencia o porque no había sonido, pero no me impactó mucho ver la filmación y, por lo que pude percibir, a Allen tampoco. La cara de Camila, sin embargo, reflejaba lo contrario. Pensé que era obvio puesto que conocía a la víctima, pero su reacción se debía a que había descubierto que el video era mucho más largo que el que había visto antes. Me pidió que lo retrocediera y, en un punto específico, me pidió que lo detuviera. Comenzó a decir frenéticamente, "¡ahí, ahí!", sin que entendiéramos muy bien a qué se refería, no apreciábamos nada en especial. Camila se acercó a la pantalla y nos mostró, usando la parte de atrás de un lápiz como puntero, cómo, en un momento en el que Jano indica el Mercedes, el hombre gira su cabeza y, por menos de un segundo, se ve la silueta de su rostro sonriendo. ¡No era el rostro de Ramiro! Camila estaba feliz y nos decía que con eso teníamos pruebas suficientes. Pero Allen, que se había mantenido en un pensativo silencio, la interrumpió diciéndole que el video solo pudo haber sido editado por alguien de la constructora o la policía. Yo descarté inmediatamente a alguien de mi empresa debido a que el video se grababa con dos respaldos simultáneos, uno local y el otro remoto que era el que estábamos viendo. Me preocupé al corroborar que había alguien en la policía que había cambiado el video y no teníamos ninguna manera de saber quién era, por lo que acudir a ellos nos podía poner en peligro a todos.

La consternación era general y decidimos discutir las alternativas que teníamos antes de revisar los planos ya que, entendiendo ahora un poco mejor el escenario, comprendimos que no podríamos confiar en nadie dentro del cuerpo policial. De comprobarse que efectivamente el Fantasma estaba detrás de todo, ni mi dinero ni el de Allen podrían hacer nada contra los múltiples contactos en el bajo mundo y las montañas de billetes que tenían a su disposición los narcotraficantes. En solo unos segundos habíamos tenido una revelación que lo complicaba todo. Con bastante desasosiego les dije que me parecía desalentador que no pudiéramos confiar en ningún policía. Allen miró a Camila y ambos al unísono dijeron "Marlon". Según me explicaron no era un policía honesto, pero estaba del lado de Ramiro. Lo llamaríamos a él para hacer la denuncia y para que revisara legalmente la casa del Fantasma. Con el golpe anímico que significaba volver a tener una esperanza de éxito, nos pusimos a revisar los planos que extendí sobre la mesa.

Pese a que no era arquitecto de profesión, llevaba toda mi vida en el negocio de la construcción y había aprendido a leer los planos bastante bien. Noté de inmediato los cuatro puntos donde podía estar instalada y oculta una caja fuerte. Solo en cuatro lugares las paredes tenían un espesor muy superior a lo normal y esto podía deberse a que eran soportes estructurales, soportes adicionales de alguna instalación no permanente o un lugar específicamente diseñado para contener algo dentro de la estructura de la casa. Llamé a la asistente y le pedí que por favor sacaran una copia del plano con las estructuras que habíamos marcado además de una ampliación del plano eléctrico. Camila aprovechó de pedirle un café para ella y, sin preguntarle, un vaso de agua para Allen quien sonrió sutilmente al ver que habían adivinado sus pensamientos. No pude evitar pensar en que Celine nunca habría hecho algo así. Tomar el control de esa manera, sentirse cómoda y pedirle a la asistente, estando yo ahí, un par de cafés en un acto que por simple que fuera, demostraba empoderamiento. Eso era exactamente lo que extrañaba en mi esposa, la capacidad para liderar o, al menos, alguna vez romper con las estructuras. Que Camila se sintiera con la confianza para ordenarle a la asistente, no preguntarle tímidamente, sino que ordenarle con una seguridad absoluta, marcó una diferencia tan sutil y a la vez tan grande con Celine, que llenó mis pensamientos por cerca de un minuto. Mi mente no registraba lo que escuchaban mis oídos, imaginando una vez más, y sin poder evitarlo, el escenario en que Allen no hubiese existido.

Cuando Camila se quedó mirándome, esperando una respuesta a la pregunta que me había hecho segundos antes, me puse la mano en el mentón y apoyé el codo sobre la mesa intentando revisar rápidamente si alguna palabra había quedado registrada o dando vueltas por ahí en mi cabeza, pero no, no había oído nada. Explotando en una risa nerviosa que no controlé, le confesé que me había quedado pensando en otra cosa y le pedí que me repitiera la pregunta. Avergonzado escuché cómo me preguntaba, nuevamente, si podría acompañarla a la cárcel al otro día para conversar con Ramiro los pasos a seguir y para buscar la ayuda de uno de sus hombres para abrir y revisar la caja. Le respondí que por supuesto.

Acordamos esperarlo en un restaurant del centro de la ciudad. Estábamos los tres, como espías internacionales, sentados en la mesa más apartada del lugar que, sin ser elegante, estaba bien decorado y tenía una buena ventilación. Había comenzado a notar lo mucho que apreciaba el aire limpio luego de mis visitas a la cárcel. Pese a que mi vida no ha sido fácil, mi posición social y el dinero que siempre tuve, me mantuvieron alejado, de manera inconsciente, de la mayoría de los lugares que frecuentaba la gente común y corriente. Nunca me vi en la necesidad de utilizar el transporte público o de hacer largas filas para hacer trámites. Había utilizado el metro en Francia pero nunca en horario masivo. Quizás el Arsénico o algún otro bar y el olor a humo, pero no, las visitas a Ramiro habían sido, para mi vergüenza, las primeras veces que sentí inexorablemente el aire viciado a un nivel en que cada inhalación se me hacía vomitiva.

La tensión reinante en esos días producto de lo que estábamos por hacer, se notaba en el silencio que manteníamos en nuestras reuniones. No había bromas ni palabras livianas. Entendíamos perfectamente el riesgo de inmiscuirnos en los asuntos de peligrosos criminales y, también, que fallar significaba que un hombre inocente – al menos de homicidio – pasaría el resto de su vida en la cárcel.

El hombre de Ramiro caminó directamente hacia nosotros y se presentó de inmediato, sin siquiera confirmar quiénes éramos. Había estado estudiando el lugar antes de ingresar. Cuando Ramiro nos explicó en detalle lo que hacían los ninjas para intentar que entendiéramos su teoría acerca de cómo terminó la pistola en su automóvil, nos comentó también, que él contaba con un equipo altamente entrenado, con el que podríamos contar para ingresar a la casa del Fantasma.

No pude dejar de notar que le faltaba el dedo meñique de la mano izquierda. Pese a que casi pasaban inadvertidos sus tatuajes, los pude ver asomarse cuando me dio la mano. Su cara oriental, resaltaba en ese lugar lleno de gente caucásica con vestuario de oficina. Se presentó como Hiroshi y, en cuanto pidió que le mostráramos los planos, entendimos que era la persona que esperábamos, nos relajamos un poco y Allen le dijo que se sentara.

Hiroshi, nos enteraríamos después, había sido un comandante en la *Yakuza* o crimen organizado japonés que, paradójicamente, tuvo su origen en los guerreros samurái, quienes al llegar la modernidad a Japón y verse obligados a vivir fuera de la sociedad, habituados a vivir según un código, comenzaron a controlar las áreas que quedaban fuera de un sistema que no tomaba en cuenta las tradiciones ancestrales por las que habían luchado históricamente. Acostumbrados a regirse por estrictos reglamentos, tradiciones y valores que giraban en torno a la lealtad y al respeto por la jerarquía, los castigos eran brutales para quienes cometían errores o traicionaban de alguna manera a su clan. La amputación de los dedos era uno de esos castigos y la expulsión era otro. Al parecer, Hiroshi había huido de Japón y había encontrado un espacio dentro de la organización de Ramiro.

Ninguno pudo dejar de sentirse intimidado por la figura de Hiroshi que, pese a ser bajo y delgado, tenía una mirada fría que reflejaba indolencia y una actitud que, de inmediato, inspiraba respeto.

No nos sorprendió cuando nos dijo que ya habían estudiado la propiedad y sabían por dónde entrar con su equipo. Sin embargo, necesitaba que al menos uno de nosotros lo acompañara, algo que, por supuesto, no estaba en el plan y que nos enteraríamos luego, serviría como garantía para que la información llegara a Ramiro en caso de ser descubiertos o tener que ocultarse por varios días. Nos quedaban solo un par de días antes de que el colombiano destruyera el contenido de la caja. El mundo del narcotráfico estaba tan convulsionado que todos estaban ocultos esperando a que se calmara la situación. Eso nos favorecía. Sin embargo, sabíamos que eso cambiaría en unos pocos días, cuando se hubiesen sellado nuevas alianzas, nuevos pactos, otros acuerdos para volver al ritmo habitual.

No entendíamos por qué un profesional como Hiroshi necesitaba que lo acompañaran aficionados como nosotros. Podíamos incluso poner en riesgo la misión. Al ver nuestras caras nos explicó que era un barrio muy exclusivo y nosotros pasaríamos desapercibidos afuera de la casa. Él y sus hombres no.

Debía haber al menos un vigía. Miré la cara resuelta de Camila y me ofrecí a ir esperando su admiración. Me arrepentí en cuanto terminé la frase. Por fortuna Allen se sumó y luego, pese a nuestra negativa, lo hizo Camila, a quien fue imposible disuadir de lo contrario. Decidimos que los tres acompañaríamos a Hiroshi, pese a que eso aumentaba el riesgo para todos. Para nosotros, por estar expuestos a un mundo donde las balas son un medio válido de comunicación y para el equipo de "nuestros" ninjas, que se verían obligados a trabajar con personas inexpertas y con menos habilidades que ellos. Todos querían ayudar a Ramiro y yo, a esas alturas, estaba sintiéndome más vivo que nunca, por lo que quería seguir en lo que veía como una aventura. Otra cosa que me movía era la profunda huella que habían dejado las palabras de Camila, cuando me dijo que era uno de los pocos amigos que tenía. Entendí que yo sentía algo similar y que, pese a que estaba profundamente enamorado de la joven que recordaba, lo que más me atraía era la sensación de absoluta confianza que me inspiraba. Con Allen también había desarrollado una cercanía, que superaba los celos que sentía por su relación con Camila. En esa mesa, cuando sellamos el acuerdo para la misión, descubrí que, pese a que estaba entre criminales y el novio de la mujer de la que estaba enamorado, la que, muy a mi pesar, cada vez me veía más como a un hermano, era la primera vez desde que perdí a Franco, que me sentía parte de una manada, parte de algo más grande y basado solamente en cosas intangibles que se escapaban de la materialidad que me había rodeado todo ese tiempo. Sentí una energía que me conmocionó e hizo temblar mis manos, euforia pura, pese a que estaba poniendo mi futuro en riesgo, por fin sentía que la vida valía la pena.

A las ocho de la tarde del día siguiente, llegaron al punto de encuentro en dos automóviles con matrículas adulteradas que nunca sabré de dónde salieron. Me entregaron las llaves de uno, nos dijeron que dejáramos la camioneta de Allen estacionada a una cuadra, bajo una luz que ellos habían desconectado la noche anterior y me ordenaron secamente que los siguiera a veinte metros de distancia, que no señalizarían en ninguna ocasión, que tendría que estar muy atento y que debía estacionarme bajo un árbol, frente al que se detendrían cinco segundos antes de seguir avanzando. Ahí debíamos esperar a Hiroshi y seguir las instrucciones que nos daría. Me insistieron en dejar el motor apagado, pero con las llaves conectadas y la parte frontal apuntando hacia la calle. Todo preparado para una rápida huida en caso de que algo saliera mal. Camila y yo nos subimos al automóvil que nos entregaron los ninjas y, luego, recogimos a Allen donde había dejado su camioneta, que había quedado con la matrícula oculta en el espacio en penumbras que se formaba entre los postes de la calle. "Oculto a plena vista, igual que la filosofía ninja" – dijo celebrando su ocurrencia cuando se subió a nuestro coche.

Me sorprendió ver que ninguno de los tres parecía nervioso o demostraba ansiedad. Quizás las fuertes experiencias en nuestras vidas habían adormecido nuestras sensaciones o nos tranquilizaba estar del mismo lado que los ninjas, el asunto es que estábamos muy concentrados y, en mi caso al menos, sentía que estaba en total control de mis emociones, lo que era curioso ya que ahora me doy cuenta de que arriesgar la vida me intranquilizaba menos que sentir la mano de Camila sobre la mía unos días antes.

Seguimos al equipo de "ninjas amigos" – como los habíamos bautizado, ya que salvo Hiroshi el día anterior, ninguno nos había dado sus nombres – a la distancia, yo calculaba veinte metros. Hasta que, sin previo aviso, giraron por una calle lateral y durante varios segundos los perdimos de vista. Hice un giro bastante forzado por la misma calle en que habían desaparecido y seguí manteniendo la velocidad pese a que la oscuridad de la calle y las pequeñas pero constantes curvas no nos dejaban ver las luces que iban delante nuestro. Al cabo de un minuto, los volvimos a ver detenidos frente a un gran árbol que oscurecía ese sector de la calle. En cuanto nos vieron acercarnos siguieron su camino, mientras yo me pasaba unos metros y apagaba las luces para luego retroceder hasta dejar la parte frontal apuntando hacia el lugar por donde habíamos llegado. Detuve el motor manteniendo las llaves en su sitio y nos mantuvimos en silencio. Solo los grillos rompían la tranquilidad de la noche.

Esperamos cerca de dos minutos y vimos una silueta – que sabíamos que era de Hiroshi – caminar normalmente hacia nosotros. En voz baja nos dijo que ellos entrarían y que necesitaban que Allen y Camila caminaran de la mano, paseando frente a la casa como cualquier pareja. Si veían algo extraño, Camila gritaría simulando una discusión con lo que sabrían que la operación debía ser interrumpida. En caso de algo grave, me harían una señal y yo tocaría la bocina del coche, buscaría a la pareja y nos iríamos sin detenernos hasta dejar el automóvil botado donde estaba aparcada la camioneta de Allen, que utilizaríamos para llegar adonde habíamos acordado reunirnos al final de la operación.

No podíamos dejar de mirar la pequeña bolsa transparente con sangre (o algún tipo de denso líquido rojo) que Hiroshi mantenía tomada con solo dos de sus dedos y que intentó esconder tras su espalda en cuanto notó que nos distraía de sus instrucciones.

Si a ellos los atrapaban o descubrían gritarían para hacernos saber del peligro y, en ese caso, debíamos huir sin preocuparnos por lo que les pasara y, en cuanto pudiéramos, debíamos informarle a Ramiro, para lo cual Hiroshi me entregó un papel con un número que debía destruir en caso de no utilizarlo ese día. Camila le preguntó cómo sabríamos si habían encontrado algo que sirviera para demostrar la inocencia de Rami, si ellos eran capturados. La respuesta de Hiroshi fue algo que era obvio pero que no pudimos haber adivinado producto de nuestra inocencia.

– Vinimos preparados, si no hay algo, nos aseguraremos de que haya algo – dijo dejándonos perplejos – y agregó que, si los descubrían, significaba que lo que había en la caja fuerte sería destruido de todas maneras y que los matarían o se defenderían a balazos, gritar no iba a despertar sospechas como señal para que huyéramos.

Ahora me parece obvio, pero en ese momento nos costó entender. Ramiro sabía perfectamente donde vivía Jano y, al parecer, la operación se había estado planeando desde el día en que Camila le había mostrado las fotos con las huellas, ya que el equipo de Hiroshi había sacado varias cosas que pensaban plantar en la casa del Fantasma. La idea de que ocultaban pruebas en la caja de seguridad de aquella casa solo había sido una teoría para convencernos y mantener a Camila y Allen con la esperanza de que había maneras de probar su inocencia. Luego de las palabras de Hiroshi entendimos que siempre había pensado en plantar la evidencia y el plan solo se adelantó en varias semanas porque le avisaron de la inminente destrucción de lo que Franklin guardaba en la caja. Ramiro nunca tuvo la certeza, pero sí intuyó que el video había sido editado y por eso le había insistido a Camila que consiguiera la filmación original, razón por la cual me contactaron y, sin planearlo, me encontraba participando del plan para rescatar a un narcotraficante injustamente acusado de homicidio.

Hiroshi fue el único de los ninjas que volveríamos a ver alguna vez.

Fueron diez minutos, en los que pude escuchar cada uno de mis respiros junto a los chirridos de los grillos y el paso de uno que otro automóvil, mientras veía a Camila pasear románticamente con Allen frente a la casa del Fantasma, recorriendo muy lentamente la cuadra, por cuarta vez, cuando de pronto sentí unos golpes en la ventana que me hicieron saltar del asiento. Era Hiroshi haciéndome una seña con la mano de que todo había salido bien y que, siguiendo el plan, recogiera a la pareja y nos fuéramos a tomar algo a algún lugar donde nos aseguráramos de ser filmados. Veinte minutos después, estábamos con Allen y Camila tomando unas copas en el hotel donde nos habíamos reunido unos días antes, por primera vez.

Luces, sirenas y cuatro automóviles en caravana parecían anunciar la llegada de un rey a la casa que habíamos visitado la noche anterior. Un espigado detective iba liderándola sentado tensamente en el asiento del copiloto del primer vehículo. Cuando llegaron y pese a los repetidos anuncios que intentaron realizar en el citófono, nadie respondió por lo que el detective dobló y guardó cuidadosamente en el bolsillo de su chaqueta la carta firmada por el juez con la autorización para revisar la propiedad. A su señal, del segundo y tercer automóvil bajaron tres detectives, el primero de los cuales tenía una barra metálica en la mano y caminó acercándose al portón, mientras los otros dos saltaban la pared exterior y, en cuanto tocaron el suelo al otro lado, sacaron sus armas de las fundas y comenzaron a apuntarlas en dirección a la casa para cubrir la llegada del detective con la barra, de cualquier sorpresa que pudieran encontrar adentro. Luego de escalar también el muro y utilizando la barra que llevaba con él para hacer palanca, pudo sacar la tapa de la caja que cubría el motor del portón, dejando al descubierto una placa con tres cables y dos engranajes. Con notoria pericia juntó el cable rojo y el blanco generando un puente eléctrico que hizo que el motor comenzara a funcionar abriendo el pesado portón.

Mientras sus dos compañeros avanzaban con las pistolas apuntando hacia el interior, el policía de la barra salió y volvió a subirse al tercer automóvil. En cuanto cerró la puerta, la caravana comenzó a ingresar a la propiedad del Fantasma, sin ruido de sirenas, pero sí con las vistosas luces azules y rojas.

– Capitán Marlon – gritó uno de los detectives que aún mantenía su pistola desenfundada, mientras indicaba con la mirada una puerta semi abierta que dejaba ver un charco de sangre en el interior.

La orden solo les permitía entrar al recinto y revisar el exterior en ausencia de moradores, sin embargo, la puerta con sangre era evidencia de un crimen cometido o cometiéndose y eso, en cualquier parte del mundo, autorizaba a la policía a hacer ingreso, hubiera o no personas en su interior. Cuando entraron, los policías encontraron todo en orden salvo por pequeñas gotas de sangre que llevaban a un gran despacho donde encontraron claros signos de una lucha. El lugar estaba completamente desordenado y, entre las cosas que estaban en el suelo, se podía observar un hermoso cuadro de Roberto Matta y embutida en el muro, una gran y robusta caja de seguridad con la puerta apenas abierta. El capitán Marlon les dijo a sus hombres que se pusieran los guantes y revisaran el contenido. Dos detectives se acercaron al muro y, mientras uno recogía con reverente cuidado el famoso cuadro que debió haber ocultado la caja, el otro, con una linterna en la mano, se acercó a revisar su interior. Lo primero que sacó y entregó a su compañero, bajo la atenta mirada del capitán Marlon, fue una bolsa que debe haber tenido, al menos, dos kilogramos de clorhidrato de cocaína. Luego, sacó un pasaporte, una antigua navaja de resorte, un reloj, una desgarbada billetera y una breve carta impresa que firmaba Jano Peña en la que, con tiernas palabras, ponía fin de manera inequívoca a su relación amorosa con un tal Franklin, debido a que había conocido a otra persona. Cuando Marlon la leyó, no pudo evitar sonreír por el detalle que se le había ocurrido a su antiguo compañero de banda. La navaja se la había entregado él mismo, dos días antes, a Hiroshi. Era un claro mensaje a Franklin, el antiguo líder de la pandilla de la que había sido parte en su juventud, antes de entrar a la escuela de detectives.

Marlon había sido detenido con bolsas de marihuana mientras vendía en la universidad como parte de la pandilla de Ramiro. El policía que lo detuvo, viendo el terror en la cara de aquel joven, lo llevó a una cafetería y le dijo que pidiera lo que quisiera del menú. Marlon incrédulo, pidió un sándwich y, mientras lo comía tranquilamente, presintiendo que sería su última comida fuera de prisión, el policía le dijo que al igual que en esa cafetería, las personas en libertad tienen muchas opciones de cómo llevar su vida, sin embargo, si entraban a la cárcel les sería muy difícil elegir cuando salieran. Le contó que él había crecido pobre y un policía le dio una elección que cambió su vida. Le ofrecía lo mismo: Cárcel o entrar a la escuela de investigaciones policiales y hacer el bien.

Tras dos años, Marlon se había graduado y su conocimiento del mundo criminal, más una astucia natural, lo habían hecho ascender rápidamente de rango. Pese a que fue honesto y se mantuvo limpio, de ahí en adelante nunca había perdido contacto con sus dos amigos de infancia, a pesar de que no los veía seguido y nunca hablaban de sus respectivos oficios. Cuando se enteró de que Ramiro había sido acusado de asesinar a Jano, tomó especial interés en el caso ya que sabía que era imposible que fuera culpable. Al escuchar la teoría de que Franklin se estaba vengando de los miembros de la antigua banda, se puso a disposición de Ramiro, costara lo que costara, ya que sabía que él podía ser el siguiente. Recordó la navaja que había recogido aquella noche bajo el puente y se la entregó al hombre de Ramiro. Del resto no se quiso enterar y solo cumplió con su trabajo.

Al día siguiente, tras una llamada de Marlon, Camila comenzó los trámites para liberar inmediatamente a Ramiro.

Al ir a verlo esa mañana a la cárcel, Allen le recordó la promesa que le había hecho cuando se conocieron. Lo primero que haría saliendo en libertad sería ir a ver a su padre.

Honestamente, y esa es una palabra a la que le empecé a tomar el peso en esa época, no podía creer en lo que me había involucrado. Era lejos lo más excitante que había hecho en mi vida. Me sentí fascinado por descubrir lo frágil que es la línea que divide el bien y el mal y cómo estos son conceptos inventados por el ser humano para servir el propósito de vivir con cierta armonía en una sociedad, pero en realidad, si uno lo lleva al individuo, las líneas de división son borrosas. Sabía que había participado de algo que era totalmente ilegal, pero al mismo tiempo había servido para hacer justicia. El mejor ejemplo que pude encontrar para justificar nuestras acciones esa semana era el concepto de "mis soldados y los tuyos", la incepción que nos hacen desde pequeños de cómo un soldado enemigo es malo y los de tu país son buenos o heroicos, aun cuando ambos cometan las mismas acciones atroces.

Sentía terror de que durante el proceso de hacer pública la empresa saliera a luz algo de lo que acababa de vivir o las personas con las que me había relacionado, sin embargo, estaba cada vez más seguro de que, si pudiera elegir, lo haría todo de nuevo. Sin saberlo en ese momento, habíamos formado un equipo que se volvería a reunir para algo mucho más importante.

Al día siguiente, nos reunimos los tres en una pequeña y mal ventilada cafetería que estaba a unos minutos manejando desde la cárcel. Allen había ido esa mañana a la clínica y le había dicho a Fernando que, finalmente, había encontrado a Ramiro, que estaba deseoso de visitarlo y que lo haría esa misma tarde. Fernando estaba estable, pero llevaba una semana con muchas drogas que lo mantenían sedado y débil. Ese día le pidió a la enfermera, con el consentimiento de Allen y del médico, que le sacaran las drogas a partir de las doce del día porque a las seis lo iría a visitar su hijo. Tras pronunciar esas palabras comenzó a llorar, le tomó la mano a Allen y se quedó dormido lentamente. Allen lo dejó descansar y partió a reunirse con Camila que estaba preparando todos los documentos para formalizar la liberación de Ramiro, quien ya estaba en una sala especial de la prisión, con ropa normal y, prácticamente, en libertad.

Sentados, con un café cada uno en la mano, esperando a que fueran las cuatro de la tarde para ir a buscar a Ramiro, Allen metió su mano al bolsillo interior de la chaqueta y nos mostró la llave de la que nos había hablado la primera noche en el hotel. Mientras la miraba con un ojo cerrado manteniéndola sobre su cabeza hacia la parpadeante luz que había en el techo, comenzó a repetirnos la historia de cuando, pese al dolor que sentía, había por fin decidido leer las páginas que contenía el sobre que le había entregado el abogado. La información que encontró ahí era difícil de creer. Parecía una locura. Decidió corroborarla por sí mismo. Tras cabalgar y haber estado dos días viviendo de lo que pudo pescar y lo que encontraba en los lugares por los que buscaba lo que indicaba su padre en la carta, comprobó que aquella zona guardaba un secreto que le hizo entender que la muerte de sus padres y de mi hermano no había sido un accidente.

Enrique, su padre, había descubierto un secreto que cambiaría la historia del siglo XX. Nos advirtió que los detalles estaban en un texto que había escrito su bisabuelo.

– Dentro de El Destino mi padre construyó una instalación que conserva pruebas de que varios nazis que se creían muertos escaparon a Chile y Argentina – nos dijo, entendiendo que pensábamos que había perdido la razón. – Me costó mucho creerlo. Mi bisabuelo formó un grupo que los rastrea. Toda la información está en una caja de seguridad que abre esta llave – dijo mostrándola nuevamente. – A mis abuelos los mataron porque descubrieron la verdad– agregó muy serio – sospechamos que a mis padres también.

Allen hablaba de una especie de sociedad secreta. Camila no podía creer lo que estaba escuchando. Notablemente incómoda miró su reloj.

– Se hace tarde. Tenemos que ir a buscarlo – dijo al mismo tiempo que se levantaba de su silla.

Ramiro nos estaba esperando impaciente, vestido completamente de negro y con una gruesa cadena de oro en el cuello. Nos abrazó efusivamente a cada uno, luego se puso en cuclillas y nos miró hacia arriba con una mueca de sumisión.

– Les quiero pedir un gran favor – dijo entendiendo que acabábamos de hacerle uno ya – ¿Me acompañarían a ver a Jano ahora? – agregó.

El cementerio no quedaba lejos, pero Camila le dijo que fuéramos al otro día en la mañana. Estábamos ansiosos de ir con Allen a ver el contenido de la caja de seguridad que abría la llave del sobre.

Con nosotros tres arriba de la camioneta, Allen se detuvo frente a un elegante edificio y jugando con la peculiar llave que nos había mostrado en el café, nos pidió que lo acompañáramos. Se estacionó en la parte posterior del edificio y, luego de subir por el ascensor, llegamos al último piso. Desde ahí, se tenía una espectacular vista del sector oriente de la ciudad. Una mujer vestida de negro y con gran reverencia, nos hizo pasar a un cuarto sin ventanas donde solamente había una mesa de vidrio blanco retroiluminada con una potente luz que iluminaba el resto de la habitación. Mientras nos manteníamos de pie en un ceremonioso silencio, se abrió de súbito la puerta y entró un hombre de unos setenta años, muy elegantemente vestido, con un curioso broche en la solapa de su chaqueta. En su mano izquierda llevaba una caja metálica que le pesaba y que colocó con bastante esfuerzo sobre la mesa.

– Sr. Kaufman, ¿está seguro de que quiere que sus amigos vean el contenido de la caja? – dijo sin importarle que estuviéramos presentes.

– Si, estoy seguro – le respondió Allen, tras lo cual el hombre salió sobriamente de la habitación, cerrando la puerta tras de sí.

Allen tomó la llave y la introdujo en la caja de metal. Del interior sacó y puso sobre la mesa un broche idéntico al que tenía el hombre que había traído la caja; una antigua foto color sepia donde se veía a una pareja adulta y a un niño; un recorte de periódico, en pálidos colores, algo más reciente que la fotografía anterior y donde aparecían muy formales, el mismo hombre, una mujer, un joven y una niña. Sus nombres con el mismo apellido: "Kaufman" escritos bajo la fotografía. Luego, con mucho suspenso, sacó una pila de hojas añejas amarradas con una tira de cuero en forma de cruz. En la primera página se leía claramente con letras muy grandes *El Destino*.

Luego de la redada, con el pasaporte, la carta, la cocaína y las cosas personales de Jano que la policía había encontrado en la caja de seguridad, la búsqueda de Franklin como el principal sospechoso de la muerte de Jano se hizo oficial. El que se haya estado ocultando solo aumentó las sospechas de que, tras el crimen, había huido. Los controles se aumentaron en las fronteras y en las ciudades. La búsqueda era dirigida por un respetado capitán y nadie ponía en tela de juicio el ahínco con el que estaba tratando este caso, ya que así lo hacía con todos.

Cuando los detectives de la división de Marlon lograron la detención de un ciudadano colombiano que había llegado a la casa del Fantasma armado con dos pistolas y portando combustible, que probablemente pensaba utilizar para destruir la evidencia en la caja fuerte, a nadie sorprendió que delatara a su jefe a cambio de que no lo expulsaran del país hacia Colombia, donde le aguardaba una muerte segura a manos del cartel rival.

Al llegar al lugar indicado por el colombiano, encontraron a Franklin intentando escapar por una ventana, pero quizás recordando lo que le había pasado a Pablo Escobar semanas antes, se detuvo en seco y levantando las manos, se rindió ante los policías, sin sospechar de todos los cargos de homicidio y narcotráfico de los que sería acusado gracias a las pruebas encontradas en su casa y a las confesiones del colombiano.

Sin el apoyo del cartel y con todos los crímenes que se le adjudicaban, va a ser muy difícil que Franklin salga de la cárcel alguna vez. Volvía, después de muchos años, a prisión, para terminar el resto de sus días ahí.

Dos días después del arresto sus abogados le mostraron fotografías de las pruebas que pesaban contra él y leyó la supuesta carta de amor escrita por Jano sin poder creerlo, hasta que reconoció en la fotografía siguiente su antiguo cuchillo y entendió que nunca debió haber subestimado a Ramiro. Apretó los dientes y los puños con impotencia mientras volvía cabizbajo a la celda en la que sabía, desde ese momento, que pasaría el resto de su vida.

Cabe destacar que la carta de amor – o despecho – que había firmado Hiroshi con el nombre de Jano y que se había hecho pública como evidencia durante el juicio, le jugaría bastante en contra a Franklin durante su estadía en prisión. Si Ramiro lo había planificado de esa forma o no, es un misterio.

Allen entró con Ramiro al cuarto de Fernando, pensó en darles algo de privacidad y salir, sin embargo, se arrepintió ya que no quería perderse ese momento. Quería ver a su querido Fernando por fin encontrarse con su hijo y se mantuvo cerca de la puerta desde donde pudo ver cómo esos dos rudos y duros hombres se fundían en un abrazo y comenzaban a llorar. Sin poder evitarlo y dominado por una profunda alegría, también sintió brotar las lágrimas de sus ojos. Unos segundos después, al ver a Fernando estirando uno de sus brazos mientras con el otro seguía sosteniendo a su hijo, Allen se acercó a la cama y los tres se enredaron en un fuerte y tierno abrazo.

Varios minutos más tarde, entró el médico y los encontró alegremente conversando. Con una hoja que resumía los resultados de los exámenes, les dijo que, pese a lo avanzado de la enfermedad, estaba seguro de que si seguía con el fuerte tratamiento de las últimas semanas podrían controlarla y Fernando podría salir de ahí guardando cierto reposo. Los tres hombres agradecieron al doctor y siguieron conversando distendidamente y riéndose con una alegría que ninguno había sentido en más de diez años.

Al día siguiente y ya repuestos de tantas emociones, nos volvimos a reunir los cuatro en mi hotel. Después de invitarlos a un café, ya que la noche anterior con William nos habíamos pasado levemente de copas, partimos juntos en la camioneta de Allen al Cementerio General.

No nos costó mucho encontrar la tumba de Jano. Ramiro había pagado por el funeral y había comprado una gran lápida, por lejos la más llamativa de aquel sector del cementerio donde estaba enterrado. Nunca había conocido a Jano, pero en ese momento sentía cierto nivel de cercanía debido a que había ayudado a que se hiciera justicia con su crimen. Ramiro, emocionado, era contenido por Camila, quien lo abrazaba cariñosamente, mientras con su mano le acariciaba la espalda. Allen y yo nos manteníamos un poco más atrás, para darles espacio. Cuando estábamos listos para dejar el lugar, Ramiro se volvió hacia la lápida y hablándole como si Jano estuviese escuchándolo bajo la fría piedra dijo:

–Tenías razón hermano, desde ahora, caminaré con el viento en la espalda.